小学館文庫

海炭市叙景

佐藤泰志

小学館

海炭市叙景◆目次

第一章　物語のはじまった崖

第二章　物語は何も語らず

初出誌＝すばる（集英社）
一九八八年一一月号「海炭市叙景」（第一章1・2・3）
一九八九年三月号「闇と渇き」（同4・5・6）
一九八九年六月号「新しい試練」（同7・8・9）
一九八九年九月号「春」（第二章1・2・3）
一九九〇年一月号「青い田舎」（同4・5・6）
一九九〇年四月号「楽園」（同7・8・9）

単行本＝集英社刊　一九九一年

海炭市叙景

第一章
物語のはじまった崖

1　まだ若い廃墟

待った。ただひたすら兄の下山を待ち続けた。まるでそれが、わたしの人生の唯一の目的のように。今となっては、そう、いうべきだろう。

冬の夕暮れが急速に近づいている。そろそろ見切りをつけるべきかもしれない。そのきっかけがわたしには見つからなかった。第一、まだ希望を持っていた。ロープウェイの正面玄関のガラス戸に、雪まみれの兄のこごえた、けれどもあの明るい笑顔がひょっこりあらわれるのが眼に浮かぶ。わたしは喜んで駈け寄り、笑顔のまますねたように、遅いじゃない、と安堵と甘えの混った声で兄をなじるふりをするだろう。もっとやきもきさせてやればよかったかな、とでも兄はいうかもしれない。はにかんだ表情を一度心に沈めこんで、それを見せまいと皮肉っぽい口調になる。それがわたしの知っている兄だ。あれこれ想像すると、際限もなくふくらみ続けてしまいそうだ。

ロープウェイの売店の少女は、木製のベンチに腰かけているわたしを、最初、胡散臭い眼つきで眺め、ついでことさら無視しようとし、今では薄気味悪い動物でも見るように、時々、そわそわした視線を向けるだけになった。チケット売場の中年の顔色の悪い女もだ。無理もない。

待合室がにぎわったのは、夜明け前と昼すぎの下りのロープウェイの到着までだった。その後、山に登る人も下る人もいない。わたしたちと共に、初日の出を眺めるために、海峡に突きでた、たった三百八十九メートルの山に登った人々は、もうすべて家へ帰ってしまった。今頃はあらためて、温かい部屋で新年を祝っているだろう。うらやんではいない。わたしたちとは違うというだけだ。

確かにわたしだけが、うすら寒いベンチに坐っているのは、売店の少女やチケット売場の女でなくとも、さぞ異様に思えたに違いない。なにしろ元旦なのだ。でも、そんなことどうでもいいことだ。他人が見れば、たとえなんであれ、どんなふうにでも見えるものだ。二十一年間でそんなことはもう、たっぷりと学んだ。

むしろわたしは自分の心にあきれていた。俺は歩いて下山する、子供の時から歩きなれた山だ、一時間かそこらあれば会える。山頂の下りのロープウェイの前で、自信に満ちた声で兄はいった。それから何時間かたって、もしかしたら、とんでもない異変が起きたのではないかと気づいたのに、まだわたしは待っている。そのとても奇妙な心が自分でもわからなかった。売店の少女やチケット売りの女が、わたしを異様な眼差しで見つめるより何倍も、わたしは自分を異様に思っていた。まるで人ごとのようにだ。だから、ふたりの女の視線は気にならなかった。

初日の出を見に山へ行こう、と最初にいいだしたのは兄だった。いいわね、とわたしは本心で答えた。素晴しい思いつきだ。すぐふたりで、六畳ひと間のアパートの部屋中を捜して、ありったけのお金を集めた。コーヒーの空瓶に入っていた一円や五円や十円硬貨。ズボンやオーバーのポケットも洗いざらい捜した。それはちょっとした宝捜しの気分で、ひさしぶりにわたしはうきうきした。思いがけず百円硬貨が出てきたりすると、ふたりで声をあげて笑ったりした。全部で二千六百円ほどあった。それを畳の上に一ヶ所にまとめ、またわたしたちはそれを眺めて笑いあった。二ヶ月前、二十七になったばかりの兄は、これほど金がないとむしろせいせいするな、と陽気にいったものだ。いかにも兄だった。

おまえは夜景を眺めたことは何度ある、とそれから兄はたずねた。そうね、一度だけのような気がするわ、とわたしは考えるふりをしたあとでいった。高校生の時、花火大会を観にクラスメイトと三、四人で行ったことがあるの、あとは覚えていないわね、兄さんはどうなの。兄は、そうだな、俺は一度もない、と答えた。それでまた笑いあった。

夏の観光シーズンには、他の土地からたくさんの人たちが夜景を見る目的であわただしくやって来る。人口三十五万のこの街に住んでいる人々は、その夜景の無数の光のひとつでしかない。光がひとつ消えることや、ひとつ増えることは、ここを訪れる人にとって、どうでもいいことに違いない。それを咎めることは誰にもできない。

考えてみれば、兄は山に登るどころか、地下で働く日々を送ってきたのだ。去年の春、兄の勤めていた小さな炭鉱は閉山した。組合は会社の一方的な閉山宣告に反撥して、デモや市への陳情を繰返し、自分たちの力だけで石炭を掘り続ける組織作りをしたが、二ヶ月もすると誰もが見切りをつけてしまった。デマや中傷や分裂。まるであっというまに夏の暑い季節がすぎさったように熱意を失ってしまった。人々に残ったのは、濃い疲労と沈黙、わずかな退職金だけだった。かわりに職安に人があふれた。

元々、海と炭鉱しかない街だ。それに造船所と国鉄だった。そのどれもが、将来性を失っているのは子供でも知っていた。今では国鉄はＪＲになってしまったし、造船所はボーナスの大幅カットと合理化をめぐって長期のストライキに突入したままだ。兄の炭鉱でも、将来の見通しを一番身近に感じていたのは、おそらく組合員自身だったろう。街は観光客のおこぼれに頼る他ない。

わたしたちの父も鉱夫で、ささいな事故のために死んだ。兄が高校生の時だ。母はわたしたちが幼かった頃、家を出てしまった。その理由をたずねると、父は不意に不機嫌になり、酒量が増したものだ。いつしかわたしたちは、母の不在はとうてい子供の手の届かない、父の沈黙の部分にある深い傷と密接につながっているのだ、と子供心にも了解した。とにかく父が死んでから、母のいなくなった理由をたずねる相手がなくなったという、変ないびつな自由を得たが、兄は高校を中退せざるを得なかった。父のかわりに見習い鉱夫に採用され、兄妹ふたりだけの生活がはじまった。

兄はたくましく、健康だった。わたしには眩しく見えるほどだった。

除夜の鐘が鳴り終ってから、わたしたちはありったけのお金を持って、釈迦町のアパートを出た。ロープウェイの発着所までかなりの距離だったが苦にはならなかった。兄はセーターの上にヤッケをはおり、わたしは紺色のオーバーに毛糸のマフラーをぐるぐる首に巻き、雪道のバス通りを歩いて行った。不思議と寒くはなく、むしろ歩くほどに汗ばんで、わたしははしゃぎながら兄の腕にすがるようにして歩いた。そんなわたしに、兄はしきりに照れた。それがまた、わたしを快活にした。みっともない、と兄はいい、何をいっているのよ、とわたしはますます腕を絡ませ、身体をぴったり寄せた。兄の力強い心臓の鼓動が、夜明け前の雪道で聞こえそうな気がし、幸福だった。

途中で、タクシーが一台とまった。運転手がガラスを降ろして、どこまで行くのか、と訊いた。山、とだけ兄が答えた。ふもとまで乗って行かないか、奥さんのこともすこしは考えろ、と運転手はいった。思わず吹きだしそうになった。それなのに兄ときたら真面目くさって、女房は車に酔うのだ、と答えたものだ。仕方がないな、といったふうに運転手は首を振り、奥さん、気をつけて行きなさい、と大声をだした。とうとうこらえきれずにわたしは吹きだしてしまった。ありがとう、と兄は運転手に張りのある声をだした。別に礼をいわれるすじはない、とその運転手はいった。

タクシーが繁華街のほうに姿を消してからも、わたしの笑いはおさまらなかった。二十一回のわたしの正月のうちで、一番いい正月だと思った。

今でも、そう思っている。

雪が激しくなった。あと五分で、六時間、わたしはベンチに坐っていたことになる。二十一年間と六時間。わたしはそのふたつの時間を考えたりする。

売店の少女が、切符売りの女の所へ行って、何か小声で話している。それからふたりで、わたしをじろじろ見た。何度目だろう。それにしても、なぜわたしはこうして、手をこまねいて待っているのだろう。そうだ。あと五分。それだけ待とう。

ロープウェイの発着所まで坂道をのぼって来た時には、足が棒のようになってしまった。初日の出を見るために、思った以上の人が来ていた。正直、おどろいた。人々はうかれ、すでにほろ酔い気分の男などは誰かれなしに話しかけたり、毎年正月には山へ登るのだ、と喋ったりしていた。兄はふたり分、片道切符を買い、発車のベルが鳴ると並んで改札を入った。満員だった。ロープウェイの人いきれの中でも、兄の腕にすがったままだった。街の地形を説明するテープに録音された女の声が流れると、さっきの酔っ払いが、毎年毎年、同じ声で同じことをいう、と大声をだして笑わせた。だからいいのさ、一年間何ごともなくすぎた証拠だよ、とまだ若い男がわかったようなことをいった。そういうことだ、俺たちは観光客と違うんだから、と酔っ払いはいった。人々はうちとけ、満足気だった。誰とでも気安く口が利ける。そんなふうだった。さっきのタクシーの運転手とのやりとりを思いだして、わたしはくすくす笑った。兄は勘違いしたように、怒ったような顔つきをしたものだ。

深夜、宙吊りの中から見る街は、家々の光もとぼしく、観光客たちが無邪気に喝采するほどの夜景ではない。多くの家々は眠りについている。

斜面を登るだけのロープウェイは、頂上まで、ものの五分とかからない。たったそれだけの山なのだ。頂上に着き、人々と共に吐きだされ、並んで展望台のラウンジまで行った。たったそれだけの高さの山でも雪は深かった。しばしば、すべって、わたしは転びそうになり、その度に兄が腕に力をこめて支えてくれた。とても強い力だ。わたしはそれが、兄の肉体からだけでなく、肉体に包まれたかけがえのない部分から来るものだ、と知っていた。ラウンジは温かかった。人々はお酒を飲み、あちこちで談笑しながら、黒々とした海と貧しい明りを見降ろし、太陽がのぼるのを待ちこがれていた。どうせ、お金など何もないのと同然なのだから、使っちゃいなさいよ、とわたしはいった。実際、この一月をどうすごすのか、何のあてもない。それならまったくないほうがいっそさっぱりする。

兄はビールを一本注文した。温かい場所で飲む冬のビールは格別だよ、と兄は陽気に声を弾ませ、本当においしそうに飲んだ。おまえも一杯やらないか、と勧めてくれた。わたしはコップに注いでもらって乾杯した。特別な一日だった。はめを外しても許される一日。おいしいわ、というと兄は無邪気に破顔した。今日から兄さんの女房ね、と軽口を叩いた。願いさげだね、と兄はいった。罰があたるわよ、とわたしはまだ軽口を続けた。罰？　そんなものいくらでもあたればいいのさ、と兄は答えた。皮肉屋さん、とやりかえすと、皮肉をいうほど齢を取ったかな、と兄はとぼけた。そんな兄はむしろ自信に満ち、誇りを持っているようにさえ見えた。事実、そうだったと思う。兄妹ふたりとも失業して、正月そうそうスカンピンなんて、素晴しい青春だわ、とわたしはいった。まったくだ、と兄は頷いた。

夜がすこしずつ明けはじめた。それまでお喋りに花を咲かせていた男や女が窓辺に行き、わたしたちもその中にまぎれこんだ。薄っすらと青味がかった海の彼方が徐々にあわいオレンジ色に染まり、雪で塗りこめられた街の輪郭が次第に鮮明な姿をあらわした。両側から海にせばめられた細くくびれた女の腰のような街は、鮮明すぎ、海面に浮かんだたよりない島のように見えた。陽が水平線に顔を覗かせると、周囲に歓声が起った。そして陽が空を押し広げるようにいっきに昇った時、人々のあいだに沈黙が広がった。口を噤み、真新しい太陽を見つめるばかりだ。兄も黙って太陽を見つめていた。ところどころで嘆声がもれ、ふたたび溢れるばかりの喜びの声が戻りかけても、兄の表情は変らなかった。なんだか放心しているように見えた。わたしはそんな兄を一瞬見あげ、ついで下唇を軽く噛んで海の方に視線をやった。

兄はあの時、なぜ黙っていたのだろう。わからない。その沈黙がわたしに移った時、一瞬、心をよぎったものがある。けれど、それとてもはっきりとはわからない。あれは一体なんだったのだろう。人々は近くの見知らぬ人にも、おめでとう、と声をかけあっていた。おめでとう、おめでとう。誰かがわたしたちにも新年の挨拶の声を投げた。街は一面、雪に覆われていた。家々の屋根も通りも街路樹も。

そうだった。あの時、わたしはこの街が本当はただの瓦礫のように感じたのだ。それは一瞬の痛みの感覚のようだった。街が海に囲まれて美しい姿をあらわせばあらわすほど、わたしには無関係な場所のように思えた。大声をあげてでもそんな気持を拒みたかった。それなのにできなかった。日の出を見終ったら、兄とその場所に戻るのだ。

売店の少女と切符売りの女はまだひそひそと話しこんでいる。もし、兄に何かがあったのだとすれば、人々はきっと笑うだろう。ただじっと待っていたのかと。何時間もベンチに坐っていただけなのかと。とても愚かなことだと、このわたしですら思う。間抜けだ。あれから二分間がすぎた。あと三分。兄さん、それしか待たないわよ。

帰りのロープウェイに乗る時、兄は残った小銭で切符を一枚しか買ってこなかった。どうしたの、とわたしはその理由を知っているのに、きかずにはいられなかった。百も承知だ。兄は前歯を覗かせて笑い、ズボンのポケットから残りのお金をだし、わたしの手に渡した。

　俺は遊歩道のほうから歩いておりる、近道だし、たったこれだけの高さだ、それに子供の頃から昼の山は歩きなれている、といった。断固とした口調だった。厭よ、払い戻してきてちょうだい、わたしも歩いておりるわ。兄は首を振った。あいかわらず眼に温かい笑みを浮かべ、大丈夫だ、としっかりした声で答えた。だって、わたしは兄さんの女房じゃない、と冗談にまぎらせていってみた。そのとおりさ、だからなおさらだ、と兄はこれ以上何もいうな、という口調でいった。

　そんなやりとりをしているあいだに、発車のベルが鳴り、おとなしく並んでいた列が乱れた。心配するな、一時間かそこらあれば、ふもとで会える、と兄はわたしの肩を押した。とうとう根負けした。それじゃ、下の発着所で待っているわよ。急いでそれだけいうと、おお、と兄は大きく頷いた。

　一時間待ち、二時間待ち、三時間待ち、とうとう六時間になろうとしている。時間はだんだん濃密になる気がする。なんということだろう。四時間半をすぎた頃には、兄は道に迷ったに違いない、と確信していたように思う。雪は風景の起伏をとぼしくさせる。心を迷わせる力をそなえている。そんなことは街の誰もが知っていることだというのに。でも、その時も今も、やあ、散々な目にあったよ、と兄が姿をあらわすのを、どこかでかすかに期待していた。

まるで、わたしのほうこそ、迷路にまぎれこんだようなものだ。どうしてなのか。兄に対して、ひどく残酷な仕打ちをしているように思えた。


五分間がすぎた。とうとうわたしは決心して立ちあがった。これでいいわね、兄さん。ひどくわたしは冷静だった。信じがたい。警察に電話するために立ったのと、切符売りの女が近づいてくるのと、ほとんど同時だった。売店の少女は無言でわたしを睨んでいた。しびれを切らしたという苛だちをかくした口調で切符売りの女が、何か声をかけてきた。えっ、とわたしは彼女を見た。

「もう、ロープウェイの時間は終りましたよ。どなたかと待ちあわせでもしているんですか」

今度はとてもていねいに、人を刺戟しないよう気を配った声で女が繰返す。思わず、兄が山から戻らないのです、とわたしはいいかけた。かろうじてこらえた。口にすれば、たぶんわたしは取り乱すだろう。意味もないことを脈絡もなく喚き散らすかもしれない。

「それとも、お身体の具合いでも悪いのですか。ひどく青ざめていますよ」

女がわたしの顔を覗きこむ。わたしは女を無視して、山頂で兄が手渡したお金を、オーバーのポケットからだしてみた。百円硬貨が二枚と十円玉が三枚。あと二枚百円硬貨があれば、一緒にロープウェイでおりてこれた。

深夜、アパートの部屋中を捜しまわったお金。じっとそれを見つめると、てのひらが汗ばみ、悪寒が身体をつらぬくのを感じた。

女が強い溜息をもらす。

「とにかく、もう閉めますよ」

かくしていた苛だちを女はあらわにした。彼女を見た。哀願するような眼をしていたかもしれない。わたしは明瞭な声でいった。

兄を待っていたのです、山からおりてくるのを六時間も待ったのです、警察に連絡していただけませんか。

けれども、咽は渇き、それは声になっていなかった。女が眉をひそめ、ますますけげんな表情で、わたしの内側まで見るような眼つきになった。それでわたしは声を発しなかったのだ、と理解した。

「耳が悪いわけじゃないでしょう。とにかく閉めますよ」

女が邪険にいった。窓を見ると、三百八十九メートルの山は、わたしを押し潰すように、まるで敵意を剝きだしにしてぐいぐい迫ってでもくるような気がした。

夜景を見に、夏、観光客が、わんさと訪れる山。同じ女の声で、同じ内容のテープが毎日毎日放送されるロープウェイ。それを忘れていた。そのためにだけあればいい山だった。兄もわたしも初日の出を見にのこのこ登る山ではなかったのだ。

　女が売店の少女に、この人、頭がすこしおかしいわ、と聞こえよがしにいっていた。

「厭になっちゃう」

　少女は大声をだした。

「そうでなくったって、元旦から仕事に出てきてるっていうのに」

　あやまらない。誰にもあやまらない。たとえ兄に最悪のことがあってもだ。他人が兄やわたしをどう思おうと、兄さん、わたしはあやまらないわよ。もしも、どこかで道に迷いそこから出てこれなくなったのだとしたら、それは兄さんが自分で望んだ時だけだ。

　深い雪の中で力つきる兄の姿がはっきりと眼に浮かぶ。わたしは売店のウィンドウの隣りにある電話に近づいた。大勢の捜索隊。警察の様々な質問。なぜ、山へ登ったのか。なぜふたりとも失業をしていたのか。なぜ、こんなにも長い間待ったのか。もっと多くの質問。わたしは答える。わかりません。受話器を取る。わからないのです、とわたしは答える。

「まったく、最低の気分よ」

　少女がまた叫んだ。

2　青い空の下の海

連絡船が海峡に出かかり、山の裏側を迂回する頃、彼はひとりで甲板に行った。真冬の甲板は吹き晒しでひどく冷たい。連絡船のたてるしぶきが、髪や顔を濡らす。毛穴が縮み、いっぺんに皮膚が強張った。

真夏なら若い観光客であふれかえる甲板だ。記念写真をとる者や一分間百円の望遠鏡をのぞきこむ者。ガイド・ブックを広げて計画をたてたり、見知らぬ者どうしで声をかけあい仲良くなる者。その多くが学生だ。だが今は彼以外誰もいない。彼は寒さで身を震わせる。これで雪でも降ったら、五分と立ってはいられまい。甲板の手すりに両腕を置いて空をあおぎみた。青空だ。それから彼は、視線を雪におおわれた山の裏側にむけた。石切り場があり、そこから奥まった場所は剝きだしの切りたった絶壁のはずだが、一面の雪がそれをやわらげている。あの雪が人の気持を惑わせて何の不思議があるだろう。

今朝、父の家を出る前に読んだ新聞では、そこからさらに奥の船隠れと呼ばれている崖で遭難した青年の死体を回収する作業に入る、と告げていた。夏でも海水浴客が寄りつかない場所だ。元旦に妹と初日の出を見に行って、妹だけロープウェイで下山し、青年は歩いておりる途中、遭難したという話だった。

そのニュースを彼は四日前、正月気分に満ちた新聞で読んだのだ。二十行ほどの短い記事だった。まるでそれ以上には、青年や妹の人生に付け加えるべきことなどない、といった素っ気なさだった。その青年は山をおりるつもりで、山頂から最も遠い距離をほぼ縦断してしまった。スキー客もいない深い雪の中をいっしんに歩く。疲労困憊して青年は断崖にたどり着く。視界一面に、降り注ぐ光と、チカチカと輝く海だけが広がる。

死体を山側から回収するには困難がともなう。青年は崖からすべり落ち、かろうじて途中で止った。警官たちのにがにがしい顔が浮かぶ。命綱で崖をおり、引きあげるのは無理だ。今朝の新聞には、ただ、海上保安部の巡視船が海で待機し、山側から警官たちが青年の死体を突き落とすことになった、とだけあった。

二度死ぬようなものだ。

その作業は、あと三十分ほどではじまるはずだった。巡視船の乗組み員。警官たち。突き落とされ、真冬の海に水しぶきとともに墜落する青年。彼はその情景を思い浮かべてみる。それにしても、青年の妹はそれまでどこにいるのだろう。巡視船の狭いデッキか船室か。それとも山の上の警官たちの中か。あるいはふたりの住んでいたアパートだろうか。どこにいても、すべては同じだ。

青空も、山を覆う雪も眩しい。夏のそれとは違う。もっと眼の深い場所を容赦なく痛めつける眩しさだ。その眩しさに、彼と同じ年齢の青年の身体が五日間も晒されていたのだ。

彼は自分が故郷で生れ、首都へ出るまでの二十年間に、山で遭難した人間がいたろうかと思ってみた。夏、マムシに噛まれる少年は年に一人か二人いた。それでも命を落すことはなかった。死を想像するには、あまりにも低い、丘と呼んでいいほどの山だ。

確か釈迦町の青年だ。彼の両親が住む向敷地《むこうしきじ》の実家から、バスで、五、六停留所東側の町だった。

どうして僕は、その青年のことばかり考えるのだろう。幸福。順調。充実。もっとそれらが輝いて僕の心を満たしてもいいはずだ。そんなことに心をうばわれるなんて、まったくどうかしている。

父は、実に取るに足りない、という口調でいったものだ。

「正月だというのに、いい若い者が兄妹そろって失業とはな」

定年まで国鉄の保線区で働き、小さな家を一軒持った男にふさわしい口調だともいえる。なおも父は吐き捨てるように続けた。

「少しばかりの金をかりる友達ひとりいないとは情けない話だ。まったく正月に文無しだなんて」

それに第一、この妹はロープウェイの発着所で六時間も待っていたそうじゃないか、と父はどこから考えても理解に苦しむ、といった表情になった。

母はただこういった。

「あんな山でも、こんなことがあるのかね」

父や母が、格別冷淡で、無関心であるとも思わない。かりにそうだとしても、仕方あるまい。たぶん、それが街の多くの人々のいつわりのない感想だという気もする。

彼とて知っていた。他人の死はたとえそれが誰の死であろうと、他人の死にすぎない。いずれにしろ釈迦町の青年のニュースは、愚かで、生活に立ちむかうことのできなかった青年の行為として片づけられるだろう。残った妹も含めてだ。そして、ほんのわずか謎めいた疑問を残すはずだ。だがそれもひと月もすぎれば、誰の記憶からも、きれいさっぱり忘れさられる。

連絡船は山の裏側を迂回しきり、完全に海峡に出た。

十二月の半ばだった。彼は首都のアパートから父に長距離電話をかけた。そばに、彼女が固唾をのんで耳を傾けていた。電話口にでた父は、ほとんど一年振りの息子の声に、何事が起きたのかというように、どうした、と幾分声を強めた。

結婚したい女がいる。彼は単刀直入に話した。

父は口ごもった。話しだすまで待った。

そうか、そろそろいい年頃だと思っていた、と父は声を整え、いくらか緊張した真面目で律儀な声をだした。

実はもう一緒に暮しているんだ、黙っていて悪かったと思っているよ。

なに、うすうす気づいていた。

父はまるで息子のことなら何百キロ離れていてもわかるとでもいうように、強がりをいった。

会ってもらいたいんだ。

ああ、父さんもその娘さんにぜひ会いたい、いつ、連れて来る?

正月はどうだろう。

わかった。たのしみにしているぞ。皆でいい正月を迎えられるな。

ありがとう。

礼はいい。そんなものは必要がない。

母さんによろしく。

彼は受話器を置いた。振り返って、兎のように耳をそばだてている彼女を見た。何か問いたそうだったので、彼は、映画に行こう、とさえぎった。

どんな映画？

ジャスト・ア・ジゴロ。見逃していたんだ。今夜、見たい。

あんたって……と彼女は咽をふくらますようにして笑った。


船が海峡に出ると、寒さはますますつのった。甲板に彼女が姿をあらわした。近づいて来、あちこちずいぶん捜したのよ、シャワー・ルームにでもいるのかと思ったわ、と冷気に眼を細めていった。咎めだてた口調ではなかったが、声は寒さで震えていた。

「どうしてこんな所にいるの」

「なんでもない」

「酔ったの」

彼と並んで同じように手すりに腕を置いた。

「きみのほうこそ」

「あたしは平気。ただ、船底から響くエンジンの音だけは気分が悪いわ」

船は海を切り裂き、白く泡だっている。風にあおられて、飛沫が顔を濡らす。

「帰ったら、すぐに映画を見に行きましょうよ。今度はあたしが選ぶわ。思いきり笑えるのがいいわね」

ああ、と彼は気のない返辞をした。彼女は次の言葉がでなかった。急いで捜す。駄目だ。同棲して一年になるが、常々、彼に対して抱いているあの感情を思いだした。自分には入りこめない世界に、何の前ぶれもなく今彼がいる。もどかしい感情だ。この先もそうなのかしら。時々、こんなふうに彼の前でたたずむしかないのだろうか。こういう時は、どんな言葉も何ひとつ役には立たないのを知っていた。何も口にしないほうがいいのだ。彼女はコートの襟を立てた。

「この何日間か、こんなに緊張したのははじめてよ。コメディを見て笑いたいわ」

それでも彼女はいった。

「親父もお袋もおかしいほど緊張していたよ」

彼が応じた。

「いい御両親だわ。とても気を遣ってくれて」

「きみを気に入ったのが、初対面の時すぐにわかった。親父は照れていた」

「そうだったかしら」

遠く曖昧にかすんでしまった街を眺めた。山はすでに、海面に揺れながら浮かぶブイのようだった。海と青空にむかって、身体を晒している青年がいる。そろそろ、青年を海に突き落す時刻だ。一体、あなたは何を考えているの。言葉にださずに思う。彼女はいろいろ想像する。思いあたらない。

「結婚をゆるしてもらって安心したわ」

「僕もだ」

「明日の朝、むこうに着いたら新しい一日がはじまるわ。その前に喜劇を見るの」

「まかすよ」

「ねえ、ここはひどく寒いわ。船室に戻りましょうよ」

「もうすこし、ここにいたいんだ。きみは船室に戻れよ」

「あんたと一緒にいたいの」

「いつもいるじゃないか」

「そうじゃないの。そんな意味でいったんじゃないわ」

彼は三歳齢下の彼女の、寒さで強張った顔を見た。あの釈迦町の青年と妹について、両親はごく単純な反応を示した。両親にとってはそんなことより、息子の連れて来た娘に関心を注ぐほうが重要だった。彼女の心もまたそれで占められていた。

それに単純といえば彼とて同じことだ。新聞は、もしかすると青年は覚悟の道を選んだのであり、六時間待った妹もうすうすそれを知っていたのかもしれない、と匂わせていた。たとえ、と彼は思ったものだ。あの兄妹の今の生活やどうあがきようもない明日が、暗黙のうちにふたりを駆りたてるものがあったとしても、正月なのだ。机の抽出しを隅々まで整理する時のように、さっぱりとした気分になりたかったのかもしれない。雄弁なのはむしろ死者だ。

「あんたの故郷をもっと知りたかったわ」

「今度は夏にこよう。あちこち案内する」

「あのね」

「なんだい」

「あんたは今にきっといい小説が書けるわ」

彼は黙っていた。黙って、あの大きな首都でのスーパー・マーケットの店員の仕事について考えた。

「本当よ」

「そうだといいな」

彼は率直にいった。

「おとうさんが話してくれたわ。息子は頑固者だって。望んだことは必ずやりとげるって、そういうのよ」

今頃、巡視船はすでに海上で待機しているだろう。山の上の警官たちは、すべての準備を終えたろうか。彼女が寒さで歯をかちかち鳴らし、何か喋った。

「えっ」

あんたのおとうさんは、息子は苦労するだろう、だから助けてやってほしいといったのよ、と彼女が繰返す。

僕が？　何の苦労だ？　それは他人のためにある言葉だ。そうじゃないか？　たとえば定年まで線路の点検や枕木の取り替えをし続けた父のような男にふさわしい言葉だ。

「親父は勝手にそう思っているだけだよ」

一体、どうやって青年を海に突き落すのか。

「ねえ、船室に戻りましょうよ」

「ああ」

彼は彼女の肩を抱いた。震えている。粉雪が舞いはじめた。お互いの身体がこごえているのがわかる。

「これからが本当に真新しい生活になるんだわ」

彼は頷く。ふたりはあたたかい暖房の利いた船室に通じるドアを押した。それはひどく軋んだ。

その時、彼は背後で水音を聞いた。振返った。不思議そうな顔で彼女も振返る。誰もいない。けれど彼は強く感じた。今だ。あの青年が海に落ちたのは今だ。空耳ではない。

彼女がいった。

「食堂で熱いコーヒーでも飲みましょうよ」

「そうしよう。それから向うで見る映画の話でもしよう」

「うんとあたたまって……」

「でもチャップリンだけは勘弁してくれないかな。笑えないんだ」

「あたしもよ」

「よかった」

彼は笑った。背後でドアがふたたび軋んだ音をたてて閉った。彼はもう海も空も見なかった。

3　この海岸に

今、満夫が立っている場所は砂嘴《さし》だったのだそうだ。何千年か何万年かは知らない。とにかく想像もつかない厖大な年月をすぎて、砂や石が海底に堆積し、陸地としての姿をあらわし、海の中にぽつんと孤立して浮かんでいた島と繋った。その島は、今ではなだらかでふっくらとした山であり、砂嘴の上に作られた海炭《かいたん》市の、ほとんど、どの通りからも眺めることができる。人々は海からの潮の匂いと、山の姿になじんでいる自分を意識することもない。それは日常の中にまで入り込み、もし振返ったり、顔をあげたりした時に、山が視界の内になかったとしたら、どれほどこの市の魅力が色あせるか、といったことも考えない。

満夫は十六歳の時、かつては島であり、現在は山となったふもとの高校で、地理の教師にそれを教わった。だが、彼はとっくにそんなことは忘れていたし、その時の教師の名前も覚えてはいない。夏だったか、冬だったかも記憶になかった。

あれから正確に十四年がたっていた。今、彼の心を占めているのは、約束の時間を一時間二十分もすぎたのに、まだ姿を見せない荷物を満載したコンテナだった。それに何ひとつ家財道具のない四畳半で、この底冷えする寒さに震えている三歳と一ヶ月になる娘と、娘の身体をさすってやったり励ましたりしている妻の涼子のことだ。一体、コンテナは昔からの繁華街の方から来るのだろうか。それとも、満夫が首都で生活しているあいだにできたローカル空港と墓地公園のある郊外の方から来るのだろうか。眼の前に防波堤が長々と続く海岸通りの、雪でかくれた路肩に立って、満夫は足踏みしながらその正反対の方角を交互に見た。

一月の終りだ。こんなことなら、首都の団地で引越しの荷物をコンテナに積みこむ時、せめて蒲団だけでも、別に送るのだった。先にそれが着いていれば、幾分か寒さをしのげたはずだ。そんなことも思いつかなかった。三十にもなって、まるで世間のことを何も知らない、小僧っ子のようだ。こんちくしょう。彼は自分を罵った。ついで、後悔したからといって、この寒さをしのげるものでもない、と自分にいいきかせた。

今朝、母のいない実家で眼醒めた時は快晴だった。このうえない上天気だった。多少のことがあっても、すべてはうまくいくだろうと思った。それが三時間もたたないうちにあっけなくどこかへ行ってしまった。

満夫たちが起きた時、六十二歳の父は、朝市でいつもどおり商売をはじめるために、てきぱきと準備していた。終始、無口だった。父はライトバンにダンボール箱やシートを積み込み、満夫が手をだす隙を与えなかった。元々、感情に起伏の多い男だった。だが何年かぶりでそんな父親の頑なさに出あうと、満夫は故郷から自分は拒絶されていると感じた。すくなくとも父は、自分ひとりででもこの土地で充分に生活していくことができるのだ、とでもいいたそうだった。言葉をかわさないぶんだけ、それがぴりぴりと伝わった。三日前、団地を引き払い、二日間、家に泊めてもらっているあいだ、ずっとこんな調子だった。石油ストーブを貸してくれとは頼めなかったし、父もそうはいわなかった。

ライトバンのエンジンを温めているあいだ、父が、コンテナは何時に着くのか、ときいた。十一時だ、と満夫は答えた。父は家の鍵を、黒いキルティングの防寒ズボンのポケットからだした。満夫に渡し、郵便箱へ入れておけ、とだけいった。ああ、と満夫は頷いた。

忘れるな。

大丈夫だよ。

それから父は、娘を抱いて出てきた涼子に、晩飯はどうするのか、ときいた。

今夜はあっちですますつもりです。ああ、それがいい。とにかく、この街に早く馴れたほうがいい。そう思っています。

涼子は逆らわずに答えた。そして、娘のすべすべした手首を持ちあげて、バイバイしなさい、と促した。父はけれども固い表情をくずさず、さっさとライトバンに乗り込み、朝の市場へ出かけてしまった。満夫は足元の雪を蹴った。舌打ちしそうになった。涼子は何かいいたげだった。どうした、と満夫はきいた。あんたたちって、本当におかしな親子ね、と涼子は愉しんで見物していたとでもいうように答えた。

馬鹿いえ。おかしなのは親父だ。

他人ならこんなふうにはならないわ。

おまえみたいにか。

もう、つべこべいうのはやめましょう、結論は出したはずよ、と涼子はいって、父の家に入ってしまった。

今頃、父は埋立地の市場で、干し魚や燻製を売っているはずだ。かれこれ三十二年間、それだけで粘り強く生計をたててきた。

父が行ったあと、満夫はスコップで家の前の雪かきをした。身体の芯が熱っぽかった。時間になるまで、黙々とそれを続けた。身体が汗ばみ、腕が重く痺れたように熱くなっても手を休めなかった。俺がこの齢でまだほんの少ししか親父の心に入り込めないように、親父はあの齢で息子の考えに触れることができない。わかっているのはそれだけだと考えると、滑稽さと怒りの入り混った気持になった。涼子のいうとおりだった。他人ならばこんなふうにはならなかっただろう。それに、実はこんなふうにもつれてしまうのは承知のはずだった。あれこれいう必要はまったくないのだ。すくなくとも、俺や涼子には。どうして素直になれないのかしら、とでも涼子はいいたいのかもしれない。それもまた俺たちが他人ではないという証拠なのだろうか。考えまい。とにかく雪かきをすませよう。満夫はスコップの動きが、筋肉や息遣いとぴったり一致するのを感じるまで、ひたすら雪をすくいとった。

そうして十時半になった時、彼らはこの街であらためて新しい生活をするために借りた七間町《しちけん》のアパートへやって来たのだ。

不意に空が曇りはじめたのは、河口の橋を渡る頃からだった。父親の家からアパートまでは海岸通りを一直線に歩いて十五分の所にある。コンテナに積み込んである自転車ならどんなひどい天気でも苦にならない距離だ。そんな近くなのに、父の家と、河口とではすべてが一変していた。海は満潮だった。河の水は満潮にさからって、渦を巻き、音をたててもみあいながら泡だって海に流れこんでいた。俺と親父みたいなものだ、と彼は思った。そのあたりはさえぎるものは何もなく、海から横殴りに風が吹いてきた。娘が弱々しい悲鳴をあげて、母親にすがりついた。涼子が励ましても無駄だった。満夫は橋の上で娘に背をむけてしゃがんだ。すぐ肩に娘の両腕が置かれ、柔らかく頼りない身体が背中に張りついた。彼は立ちあがり、両腕で娘の尻を上下させ、位置を整えた。髪が首にくすぐったく触れる。

おい、車を買おう。明日にでも買おう。

満夫は並んで歩く涼子にいった。

どこにそんなお金があるの。

中古のローンなら手に入るさ。

いいわよ、買いましょう。

涼子はむしろ朗らかな声をだした。そして雪になりそうね、とつけ加えた。

十五分も待てば、コンテナがくる。ひょっとすれば、もう、俺たちを待っているかもしれない。雪が降っても、石油ストーブがあれば平気だ、と満夫はまた背中の娘を弾ませて位置を整えた。

河口から先は、海岸通りの右手はずっと防波堤だった。車を買うんだ、そして、と満夫は自分にいいきかせるように涼子にいった。

そしてだ、山に登ろう。街中をひとめぐりして、プールにも行こう。なんなら、街外れの運動公園でもいい。アスレチックは無理だが、あそこのプラネタリウムなら子供も愉しめるだろう。

わかったわ、とだけ涼子はいった。

八畳と四畳半のアパートに着いた時には、山背風が吹きはじめた。海が荒れる証拠だ。おまけにみぞれまで降って来た。コンテナは着いていなかった。不動産屋から受けとった鍵でドアをあけた。何ひとつ物のない部屋は異様なほど広く、寒々しかった。八畳の板の間はことのほか寒く、立っているだけで、歯がガチガチ鳴るほどだった。涼子は畳部屋の四畳半に自分のコートを広げ、その上に娘をのせた。その時にはまだ、すぐにもコンテナは到着すると、気楽に考えていた。

地面も路肩も凍りついている。四車線の海岸通りのむこうの防波堤にも雪はこびりついていた。海は防波堤にかくされていたが、波の音は唸るように響いてくる。それは、地面のはるか下を伝って満夫の足元に届き、靴底から彼の身体を貫くようだ。コンテナを待ってから何分たつだろう。せいぜい十分か十五分だ。もっと短いかもしれない。それなのに、もう一時間も立っていたような気がする。みぞれはいつのまにか粉雪に変った。それが海からの風で、満夫の顔を正面から襲う。

書道教室の看板がかかったモルタルの家から時々中年の女がでてきては、訝しげに満夫を見る。その回数が次第に多くなった。通りを渡るわけでも、タクシーを拾うわけでもない。不審に思われても仕方がないが、たび重なるにつれ、彼は戸惑った。女の前に行って、引越して来たのだ、それでコンテナを待っている、とわざわざいいたくなったりさえした。

何度目かに女がゴミをだしに姿を見せた時、満夫はさかんに足踏みし、ダウン・ジャケットのポケットから煙草をだして、紙マッチをすった。手がかじかんで震えた。煙草が雪で湿りそうだ。女はすぐに家に引込んだ。あの女にまでじろじろ観察され、わざわざこんな吹き晒しの通りで待つことはないのだ。だが、そうせずにはいられなかった。いっこくも早く石油ストーブが欲しかった。コンテナが着きさえすれば解決することだった。けれども、石油ストーブはコンテナのどこにあるだろうか。もしかしたらずっと奥かもしれない。三日前、運送屋の男と三人で、あわただしく荷を積み込んだ時のことを思い浮かべてみる。何から順に積んだかも曖昧だ。それでも、到着したら、なんとか娘をこのひどい寒さから守ることができる。さらさらの粉雪は、いよいよ本格的に降りはじめた。二時間もしないうちに五センチは確実に積るだろう。

左手にモーテルの看板が見え、右手の角に道路一本挟んで、日曜大工の店があったが、客は誰も出入りしなかった。河口からこっち、雑貨屋や床屋や米屋があり、そのどれもがさびれていた。満夫はここが海炭市の中でも、最も取り残された町のひとつなのを思いだした。ただ父の家に近いというだけで選んだアパートだった。日曜大工の何軒かむこうに酒屋があったはずだ、と満夫は思った。カウンターがあって、立ち飲みできる店だ。三人でアパートへ来る時、中を覗くと四人の男が仄暗い店内ですでに一杯やっていた。

その情景を思い浮かべるとたまらなくなった。きついアルコールが欲しい。うずうずした。一杯ひっかけるぐらいの時間ならあるだろう。とうとう満夫は狭い道を渡って、日曜大工の店の前を通り、バラックの酒屋へ行った。さっきの男たちはもういない。彼は戸をあけて中に入った。

まだ若いおかみさんが、いらっしゃい、と愛想良くいった。満夫は両手をこすりあわせ息を吐きかけながら、黒ずんだ木のカウンターに肘をついた。髪がすっかり濡れていた。何にしますか、とおかみさんがたずねた。焼酎を頼んだ。グラスをカウンターに置き、梅割りにしますか、とまたたずねてきた。満夫は頷く。おかみさんが焼酎をそそぎ、梅酒を加える。満夫はカウンターにできた古い傷を左の人差し指でなぞりながら、グラスを持って、いっきに半分飲んだ。咽がひりひりし、ついで胃が熱くなった。気分がくつろいだ。胃におさまったアルコールが、血管をめぐり皮膚の外に出ようとする。この辺では見かけないわね、はじめてでしょう、とおかみさんが気安く声をかけてくる。この先のアパートへ引越してきたのだ、と満夫は答えた。

「どこから」

「阿賀町」

でたらめをいった。プラネタリウムのある所だ。そう、とおかみさんは疑わずに頷いた。満夫は押し黙って、残り半分を飲みほした。いい飲みっぷりね、とおかみさんはいった。

「幾ら？」

「二百円」

満夫はダウン・ジャケットのポケットから、小銭をだし、百円硬貨を二枚カウンターに置いた。戸をあけて外へでかかると、ごひいきに、とおかみさんが背中に声をかけてきた。

雪の降り具合いはあいかわらずだった。それでも皮膚は火照って、幾分か寒さをやわらげていた。

ふたたび、書道教室の看板のでている家のある路肩に立った。まるで能なしのでくのぼうだ、と思った。くそくらえ。アルコールが彼をすこし勢いづけている。

時々、雪でかすんだ海岸通りに大型の車がぼんやりとした輪郭をあらわす。そのたびに期待がふくらんで、眼をこらす。そしてすぐ裏切られた。それはバスだったり、ただのトラックだったりで、彼を落胆させた。

父はそろそろ店閉いをする頃だ。観光シーズンと違って、客はそう多くはあるまい。母は？　そうだ。母親はどうしているだろう。彼女は市立病院の結核病棟のベッドにいる。今日、俺たちの引越しだということを知っているはずだ。まったく突然に、大量の血を吐いたのは、四ヶ月前だ。ある晩、父が電話でそれを知らせてきた。涼子が最初話を聞き、それから満夫に、大変よ、と受話器を渡した。受け取ると、父は早口で喋った。血を吐いたのは一昨日で、今日入院した、退院するまで、二、三年かかるかもしれない、とうわずった声で説明した。手術のことを父にたずねた。

とてもそんなことに耐えられる身体ではないそうだ、と父はいった。ずい分、衰弱しているし、若い者とは違うから、完全に治ることも望めない、とにかく菌が出なくなるようにおさえるだけだそうだよ。

混雑した清潔な待合室で、ふたりで並んで順番を待っている両親、家にひとり取り残された父親の姿が浮かんだ。

明日にでも見舞いに行く、と満夫はいった。

そうしてくれるか、母さんはひどく気が弱っている、と父はいった。

この四ヶ月は全くあっというまだった。彼は首都の団地と父の家を二度往復した。一度目は見舞いに、二度目はアパートを捜しに。

彼は五年間、材木問屋に勤めていたが、別に辞めて惜しい仕事でもなかった。涼子とも何度も話しあい、結局、この街に引越すことにきめた。きめると、それは最初から当然そうなることで、四ヶ月の話しあいはその手続きにすぎなかったと思えた。海炭市のような地方都市で暮すのも悪くはないわ、娘にとってもいいことかも知れないわよ。むしろ涼子は引越しを愉しむように話した。満夫にとってはどこでどんなふうに暮そうとたいしたことではなかった。首都に未練はなかった。

しかし、まさか父も母もそろって反対するとは思ってもみなかった。

さっき、涼子が口にした言葉を思いだす。つべこべいうのはもうやめましょうよ。そうだ。すでに俺たちはもうここに来ている。父や母の心の在りかが測れないとしても、そんなことは俺たち三人には、別の事柄だ。

顔が一杯のアルコールで火照り、正面から当る雪がここちよい。防波堤を見た。カモメが時おり何十羽と舞いあがる。夏には防波堤のむこうの海で娘と泳ぐ。疲労しきるまで泳ぎ続ける。波は荒い。そのほうが泳ぎがいがある。

父のいい分を想像してみる。この街へ帰って来ても、ろくな仕事にはありつけない。若い人間の生きにくい街になってしまった。炭鉱が潰れ、造船所は何百人と首切りをはじめた。職安もあてにはならない。この正月には炭鉱に勤めていた青年が、山で奇妙な死に方をした。もう希望を持つことのできない街になったのかもしれない。だから、おまえは、俺たち齢寄りのことを考えるより、自分と自分の家族の心配をすべきだ。

たぶん、そういうことなのだ。それがすべてではないとしてもだ。実際、病棟のベッドで書いた母親の手紙には、そうしたことがもっと細々と中学生にむかって説得でもするように、くどくど書かれてもいた。涼子にそれを見せると、彼女は深く息をついた。満夫は団地の台所のテーブルで、今は手紙を書くこともしないでほしい、ただ疲れて病気に隙を与えるだけだ、と返辞を書いたものだ。最後にすこしためらい、それから、そこは俺の故郷だ、忘れないでもらいたい、と付け加えた。

あの、音をたててもみあっていた河口のような父のぎくしゃくした息子への感情はおさまるだろうか。考えるな、といいきかせている尻から考えている、と満夫は自分に苦笑した。

あたしたちは、ただあたしたちの理由だけで海炭市へ行けばいいのよ。そこに住みついて三人で愉快に暮せばいいんだわ。

母親の手紙を読んだあと、涼子は朗らかな声でそういった。

コンテナは来ない。とことん待ってやる。防波堤を見、視線を右に移す。海はなだらかに湾曲し、ぶ厚く雪に塗り込められた山を見た。雪が完全に溶けるのは、四月に入ってからだ。その時の、いいしれぬ解放感。春は確実に、春そのものとしてやってくるのだ。五月には涼子と娘とで、山に登る。悪くはない。ここで生活するのも満更ではない。若い人間が希望を持てない街だというのなら、それは三日前まで住んでいた、あのふくらみきった都市だ。絶えることなくあらゆるものが殖え続けるあの都市のほうがふさわしい。消極的に考える必要が一体どこにあるだろう。

アルコールが醒めかけた。コンテナは道に迷い、アパートをさがしあぐねているのかもしれない。そう涼子にいって、ちょっと見てくる、とさっきここまでやってきたのだ。寒さやじれったさで、涼子に頼まれたことを、つい忘れるところだった。

それならついでに、あんたの燃料屋の友達に電話をして、今日からプロパンガスを使えるように頼んできてちょうだい。

ああ、わかった。

満夫は答え、母親のコートの上におとなしく坐っている娘の乾いた髪を撫ぜた。もうすこしで石油ストーブが来るからね、と満夫は娘に話しかけた。

お爺ちゃんの家に帰ろうよ。

思いがけない娘の言葉が返って来た。寒さで震えた声で、吐く息が白かった。満夫は不意をつかれた気持になった。すかさず涼子がいった。

今日からここで三人で暮すの。お爺ちゃんの家には毎日遊びに行きましょう。

本当に毎日行くの。

そうよ。お爺ちゃんはひとりでしょう。お母さんが行って、掃除やお洗濯やごはんを作るの。お爺ちゃんの家はすぐ近くなんだから、自転車で行ったら、あっという間よ。そのあとでほら、市営プールで泳ぐの。

こんなに寒いのに。

大丈夫よ。温水プールなんだから。お風呂みたいなものよ。昨日、プール用の帽子とゴーグルを買ったでしょう。

あの眼鏡のこと？

満夫は涼子と娘の会話を耳にしながら、靴をはき、外へ出た。それから、この海岸通りまで来たのだ。

まったく、あいつときたらすべてをそのままに受け入れている。今夜からすぐにあのアパートで食事を作り、TVの歌謡番組かクイズ番組を見て、十年も前からここでそうしてきたとでもいうように、娘とともに眠る。明日になれば娘を連れて父の家へ行き、洗濯やら掃除やらに精をだす。それから暇を見つけて母親を見舞い、プールでひと泳ぎするつもりでいる。プロパンガスのことなど、俺はこれっぽっちも考えはしなかった。いや、涼子とて、俺が思うほど気楽ではあるまい。

とにかく、高校時代の燃料屋の友達に電話をする前に、運送屋にコンテナはどうなっているのかたずねてみよう。満夫は真新しく積った雪を踏んで、日曜大工の店の角にある電話ボックスまで行った。ドアをあけて中へ入ると、山背風も海鳴りも遮断された。かじかんだ手で電話帳をめくり、運送会社の番号を捜す。すぐ見つかった。受話器を顎と肩で挟み、指で番号をなぞり、ダイヤルを回した。若い声の女がすぐに出た。満夫は名前と住所を告げ、もう約束の時間を一時間半もすぎた、一体、どうなっているのか、とたずねた。お待ち下さい、と女はいった。三十秒ほどたってから、ふたたび女が出た。

「もうこちらを出ております。そろそろ着く頃だと思いますので、もう少しお待ち願えませんか」

きまりきった返事だった。喋り方を心得ていた。これ以上、何をいっても無駄だ。もうしばらく待たねばならないということだけがわかったにすぎない。

受話器を置き、ついで電話帳をめくって、友人の燃料店を捜した。奴はもう親父の跡を継いで何年にもなる。十七、八の頃から、燃料店を継ぐことを考えていた男だ。俺は俺で街を出ることだけを考えていたものだ。帰郷したと知ったら、何というだろう。ダイヤルをゆっくりと回す。奴が出たら、やあ、という。遊びに帰って来たのか、と奴は訊くかもしれない。

ダイヤルを回しながら、満夫は海岸通りと横殴りに雪の吹きつける防波堤を見た。ボックスからは、日曜大工の店がかげになって、山は見えなかった。正月にそこで奇妙な死に方をした青年のことなど、満夫のどの部分にも入ってはこなかった。彼はただ春までの季節を思った。冬のあいだ、そんな季節は永遠に足踏みしたまま、けっして訪れることがないとさえ思えるのだ。明日になったら、母を見舞う。父もそうだが納得してもしなくともいい。今からこの街に住みつくのだ、と伝える。それから、失業保険の移管手続きの書類を持って、橋のたもとにある合同庁舎の職安に行く。時間があれば中古車センターを何軒か回って、ローンで手に入る手頃な車を見つけるのもいい。さっさと身体を動かすのだ。俺たちには俺たちの流儀や理由がある。それを示すだけでいい。中古車センターを回ったら、父の家へ行く。一足先きに行っている涼子と娘と一緒に、路面電車に乗り、野球場まえで降りて、たっぷりとプールで泳ぐ。千か二千か、とにかく息の続くかぎりだ。最後の番号を回す。今日はどうするか。コンテナが着き、荷物の片づけが一段落し、友人がプロパンガスを見に来てくれたあと、夕方の市場へ行くのもいい。呼びだし音が鳴る。朝の市場と違って、夕方の市場は観光客は誰もいない。場所も目だたない。この街の人間だけが必要とする市場で、たぶんごったがえしているはずだ。人混みや掛け声で活況を呈している市場。それはここから歩いて二十分ほどの所にある。涼子は、名前の知らない大きなグロテスクな魚を見て笑うかもしれない。裸電球の下で、魚屋も八百屋も声をからすまで、客を呼び続けるだろう。

電話の呼びだし音がまだ規則的に鳴っている。なかなかでない。

涼子は知らない魚の名前を少しずつ覚えていく。それ以外に、父の感情をときほぐすことはできそうもない。母もだ。呼びだし音はまだ鳴っている。その音に耳を集中させながら、実際にはじめるしかないのだ。まず、コンテナとプロパンガスだ、と満夫は自分にいい聞かせた。

4　裂けた爪

　街をまっぷたつに引き裂くように流れている押切川の橋のひとつを渡り、古新開《こしんかい》町のあたりに来ると、晴夫は急に集中力が散漫になってしまった。グリーンプラザと呼ばれる広場のある通りに出た。一面、雪で塗り込められ、水のとまった噴水のある広場はがらんとして誰もいなかった。その辺は歓楽街の外れだった。広場の斜め向いに、彼が高校生の時、映画館からストリップ劇場になってしまった建物が見える。男がひとりうずくまるように劇場の前に坐っており、あとは誰もいなかった。身体を売る女たちが姿を見せるのは夜になってからだ。グリーンプラザとは、また気の利いた名前をつけたものだ、と晴夫は皮肉たっぷりに考えた。海炭市のあちこちに、四十年も前の戦争の跡が残っているが、ここに夜、姿を見せる女たちもそうしたものの中に数えられる。

　あいつの心は石でできているんだ。そうでなければ暗闇みたいなものだ。軽トラックが広場にさしかかった時、ハンドルを注意深く右に切って、晴夫はつぶやいた。店までもうすぐだった。プロパンの配達はあと一軒だけだが、気がせいた。そうしたら、すぐ店に戻る。アキラは家に帰っているだろう。市営球場とプールのある大鷹町にアキラを連れて行く。週に一度、父と小学校四年の息子とふたりきりで、めいっぱいプールで泳ぐ。アキラが快活に、いきいきとするのは水曜日の夜のプールだけだ。この日だけは、勝子も、何のもめごとも起さない。ねじくれているくせに計算高い。今日だけだ。大事な一日だ。

　広場を半周したあと、彼が幼い頃、通った小学校の鉄筋の校舎が建つ通りに入った。今は生徒の数も減り、廃校になって、市役所が仮りに使っている。あと半年、少くとも夏が終る頃には、新しい市役所が出来上るだろう。街はどんどん変る。俺たちが浮浪者や廃品回収業者のたまり場と呼んでいた、海岸通りの小砂丘も、五年も前に市の土木課の連中がコンクリートで固めてしまった。ブルドーザーで拾ってきた板切れを張りあわせたようなバラックを次々あっけなくぶち壊し、跡形もなく公園にしてしまった。そのかわりそこに長年住みついていた奴らは、作りたての団地に最優先で入った。それでいいのだ。新しい時代のためだ。誰にでもそういって、はばからなかったし、顰蹙をかっても気にはしない。例えばあの連中、去年の春、閉山した炭鉱の連中だ。彼は今、半周した広場で、炭鉱の連中がデモのための集会をひらき、造船所や国鉄の組合員が支援にかけつけた頃を思いだした。あの時は、広場は人であふれかえっていた。シュプレヒコールや愚にもつかない革命歌をがなり、機動隊や私服が周りを取り囲んでいたものだ。それでも、ストリップ劇場には客が入り、女たちは細い路地のいたる所で男たちと交渉していたはずだ。あれはお祭りだ。結局、ボタ山と二階建ての木造炭住が残っただけというわけだった。誰も住んではいないし、子供たちの遊び場にすらならない。あの小砂丘のように、早く潰してしまうほうがいい。海炭市にあんなものが残っていると考えると、うんざりだ。ところが市役所は自分たちの入るぴかぴかの快適な建物を作るのに金をつぎ込んでいる最中で、そこまでは手が回らない。四、五年は放置されるだろう。もっとかもしれない。晴夫は要するに、何にでも八つ当りしたい気分だった。そして早く店に戻りたかった。父親を待つアキラの顔を見たかった。

彼は雪道で車をとめた。配達はここで終いだが、気のすすまないアパートだった。世の中はろくでなしばかりだ、と胸の内で毒づいた。女に働かせ、自分は昼間からぶらぶらしている。あれは男ではない。暴力団などその程度だ。先月、配達に来た時には、ダブルベッドでふたりとも裸で眠っていたし、集金に来た時にはテレビの音がしているのに誰も出て来なかった。近所でたずねたら、家賃も払わず、大家が困っている、という話だった。だが、俺は手をこまねいてはいない。今月、もし、集金できなければ、配達は即座に打ち切る。高校を卒業してからずっと親父の商売を拡張することにつとめてきた。二十一で結婚し、アキラが生れ、五歳になった夏、女房はあっさりと男を作って、家を出ていった。女なんてものは一体何を考えているのか。それからも俺は仕事に精をだし、両親に別宅を作り、二年半前、高校時代の同級生の今の女房と再婚した。それがどうだ。アキラの身体は年中、傷だらけではないか。

もっと明るいことを思い浮かべるべきだ。晴夫は、トラックの荷台から、プロパンガスを降しながら考えようとした。とりあえず両親は引退し郊外の一等地の別宅で、のんびりと日々を過ごしている。あと二年頑張って、産業道路の方にもう一軒、店を持ちたい。それにアキラは泳ぎが得意だ。小学校の大会で二位になった。今夜、プールであいつの泳ぎっぷりを見たら俺の気分も晴々するだろう。悪いことばかりではないのだ。

彼は荷台から凍った地面に渡した板の上を、プロパンガスの底をゆっくり回転させて降す。配達先は一階だ。集中力を取り戻そう。ボンベが地面に着く時は特に注意した。滑って倒したりはできない。バルブをしっかりと握る。ボンベを地面につけた。ところがその時、バルブを摑んだ軍手がどうしたわけか滑った。彼はあわてて力をこめ直し、左肩でボンベを支えようとした。しかし、底の一点だけを着けるようにしていたボンベは直立してしまった。長靴とその中の親指を潰す鈍い音が、一瞬の激痛と共に身体をかけめぐる。息が詰った。音は彼の鼓膜にしか聞こえなかった。晴夫はかろうじてボンベを支え、奥歯をきつく噛み、あらあらしく息を吐いた。身体の芯が熱かった。呼吸を整え、そろそろとボンベを傾けて、長靴をはいた足を引きずりだす。動かすと、じわりとした痛みが、ふたたび激痛に変った。何ということだ。爪先に鉄板の入った作業靴ならこんなことになりはしなかった。十八から十二年間、配達してきてはじめてのへまだ。家のことに気をとられていたからだ。そう思うといまいましく、情けなかった。長靴の中で痛みはまたしつこい鈍さに変る。それは指ばかりでなく足首にまで広がった。血が吹きだしているのがわかる。靴下もぬるぬるし、爪がどんな具合いになったかも想像がついた。まだ呼吸は整わない。眼を瞑り、ボンベを両手で支える。熱く脂汗の流れる額を、晴夫は冷えきったボンベに押しつけた。痛みがやわらぐまでじっとそうしていたが、思わず眼頭が熱くなった。涙でふくらんで、一度あふれたが最後、とめどもなくなりそうだった。痛みは、こめかみまでかけのぼってくる。しかし、もしかしたら、それは潰れた爪からではない他の場所から来るのかもしれなかった。彼はただこらえた。足指から流れる血の勢いを感じ、アキラの顔を必死で頭に浮かべ、孫をかわいがる両親を思った。爪がどんなふうになろうと、絶対に今日は息子をプールへ連れていくのだ。

晴夫は路上でプロパンガスに額を押しつけ、さらに強く奥歯を噛みあわせた。けれども、こらえればこらえるほど胸が熱くなり、肩が震えた。はじめ小刻みに、そして次第に激しくなった。眼尻からとうとう涙がこぼれた。彼はそれを押しとどめようとして、ふくらはぎと踵に力を込め、地面を踏みしめた。配達先のアパートから例の男と女がそろって顔を出した。外出するらしく、男は黒のジャンパー姿だった。女はすっかり化粧をし、暖かそうなコートを着ていた。たぶんそのまま夜の店に出かけるのだろう。ふたりは、肩を震わせながらじっとしている燃料屋の若い主人を見た。

「どうした」と男は晴夫に声をかけた。「道端で泣いているなんて、え、何かあったのか」

油断していない眼つき同様、声は低く張りつめていた。晴夫は親指の腹で眼尻を拭い、首を振った。

女が彼の足元を見、

「あんた、けがしたんでしょう」と、むしろ気さくにいった。

晴夫は黙っていた。そして気を取り直し、まるでデッドボールでもくったというような口調になって、ボンベで指を潰した、と世間話のように話した。

男が近づいて来た。女もやってきて、雪道にかがみ、

「右、左?」と晴夫にたずねた。

「左」かろうじて声が出る気がする。

「おい、バンドエイドか何かあるだろ。治療してやれや」

「そうだね」女が立ちあがった。「待ってなさい。すぐ来るから」

「構わないでください。大丈夫です」

「つべこべいうな。けがしている者、ほっとくわけにはいかねえよ」

「そうだよ。とにかくすぐ来るから」

女は小走りにアパートに戻り、ドアをあけて中へ入った。すみません、とやっとの思いで晴夫は声をだした。

男はひきつって青ざめた顔をしている晴夫をじっと見た。齢をきかれた。三十すぎても、アイビー・カットか、若いな、男がからかうでもなく、いった。それは高校時代から変えていない。気に入っているのだ、と彼は答えた。その時にも晴夫は早く家へ帰りたいと思い続けていた。男がジャンパーのポケットから煙草を取り出し、一本を自分でくわえ、もう一本出して晴夫の唇にフィルターを押しこんだ。晴夫は軽く頷くように頭を下げた。男がライターをすって、手でかこみ、近づけてきた。晴夫は火に顔を持っていった。深々と吸い込むと、頭がくらくらするほどうまかった。

女がアパートから戻って来るまでの一、二分、ふたりはそうやって言葉も交さず煙草を吸い、雪の路上に立っていた。

からになったボンベを、店から六、七百メートル離れたブロック作りの倉庫にあわただしくしまい、その後、急いでトラックに乗り込んだ。チェンジのペダルを踏むたびに足はまだずきずき痛んだ。道端でかいがいしく手当をしてくれた女と、じりじりもせず待っていた男を思いだす。彼は店までのわずかな距離を運転しながら、彼らのような人間を軽蔑していた自分を幾分恥じた。髪型のことをいったのは余計だとしてもだ。父は少年の時から彼に教えてきたのだ。小砂丘のあたりに住んでいる連中も、古新開町の夜の女たちも、今日のふたりのような人間も、絶対に近づいてはならない。彼らは、この街の陽の当らない裏の部分であり、はっきり区別をつけるべきだと。

路面電車の通りに出た。車が多くなり、ツートンカラーの電車ががたがた古い車体を震動させてガス会社のほうへ走っていた。晴夫はハンドルを右に切った。燃料店の看板がすぐ眼に入る。するとさっきの女を思いだし、あんな女のほうが今の女房よりどれほどましかと思った。左の親指の爪は真っぷたつに裂けていた。これはひどいわ、大の男が泣いても無理はないわよ、といったものだ。そしてオキシフルで消毒し、バンドエイドを巻き、繃帯できつくしばってくれたのだ。男のほうがそれを眺めながらいった。

そんな爪じゃ、仕事も大変だ。それでも、はがれていないだけもうけものだな。

応急処置よ。医者に行きなさいね。

女は繃帯をしばりながら命令口調みたいにいった。

店の前で車をとめる。隣りは青果問屋で、幼なじみの娘がいる。二年前、遅い結婚をして、今は首都に住んでいる。晴夫の店は間口が九メートルあった。一階は店舗で、二階が住居だった。トラックを止めると五ヶ月前から雇っているまだ十代の女子店員がガラス戸をいっぱいにあけてくれた。

「お帰りなさい」と女子店員はいった。

アキラが出て来ない。いつもならこの日は待ちかねたように、晴夫をむかえる。張りつめた皮膚と輝いた眼。華奢だがプールで見せるしなやかな腕や足。どうしたのだろう。彼は、軽トラックの向きを変え、広々とした店の中に乗り入れた。ガレージを作る余裕はなかったから、玄関を高くし、父親の代からこうして店の中に入れてきたのだ。灯油は地下に作ったタンクに貯蔵してある。店の中に出ているのは、ゴムホースやからのポリタンク類、それに炭の入った袋、厚地の茶紙でくるみ、紐でしばって積んである練炭ぐらいのものだ。その他は女子事務員ふたりと晴夫が使う、奥の簡単で狭い事務の場所だ。冬は主に灯油を配達しているふたりの若い男が、石油ストーブの前で暖をとっている。

晴夫は荒々しい落着かない気持でトラックを降りた。お帰りなさい、とまだ二十代の男たちも、十年も勤めている中年の女子事務員も口々に声をかけた。店の中は薄暗く、急速に夕暮れが忍び寄っている。

「アキラは？」

晴夫は、中年の女子事務員に声をかけた。息子は彼女になついている。男子店員ふたりと十代の女の子は自然なふりを装って黙った。しかしぴりぴりした沈黙だった。

「アキラはどうしたんだ」

「二階で休んでいます」と中年の女はいつになく冷たくも取れる声でいった。

「勝子は？」

女房のことをきく。大声をだしたせいで、足がふたたびずきずき痛みだした。

「奥さんは押切川の市場まで買い物に行きましたけど」

「嘘つけ、わざわざあんな所まで買い物に行くもんか」

「奥さんがそういって、出かけたんです。あたしが嘘をいう必要など、全然ないですよ」

古くからの女子事務員は気の強い声でいい、他の三人は、またはじまった、という顔で、うつむいたり、新聞を広げたりした。

「すまない。ちょっと気が立っているんだ」

晴夫があやまると、構いませんとも、それより、と古い女子事務員がいった。

「若社長、早川さんという人、御存知ですか」

「早川？」

「ええ、早川満夫さん。二時間ほど前、電話があって、高校時代の同級生だとかいっていましたよ」

思いだした。高校を卒業すると他の同級生の多くがそうだったように、首都に出てしまった男だ。そういえばあの頃は仲が良かった。しょっちゅう学校を抜けだしては、山にのぼったり、ソーダファウンテンの店でたむろした。ジャズ喫茶にもボウリング場にも行った。確か、あいつは首都の団地で暮しているはずだ。仕事は何だったろうか。いったいあの都会の何がどれほどの魅力を持っているというのだろう。遊びに帰ったのだろうか。それにしてはおかしな時期に帰って来る。

「早川がどうしたって」遊びに来たのではなく、あの都会から電話を寄こしたのかもしれない。

「今度、引越して来たんだそうです」

「どこに」少し驚いた。

「七間町だそうです」

小砂丘のあったすぐ近くではないか。

「それで、今夜からプロパンガスを使いたいから、できれば見に来てくれないか、という話でした」

「わかった」

晴夫は答え、だがそんなことよりまずアキラだ、と心の中でつぶやいた。二階の住居へ行くためには一旦、外へ出なければならない。彼は足を引きずらないように歩き、事務の机や椅子、石油ストーブのある場所を通り、ガラス戸をあけて路地へ出た。父親の代からの不便な作りだった。いつか改築するつもりでいたのに、ずっとこのままできてしまった。しかし、それも店を一軒増やすまでの辛抱だ。

青果問屋の建物とのあいだは、大人がふたり並べるだけの空間しかない。陽が射さず、雪はかちかちの氷になっている。すぐ壁際に階段がついていて、晴夫は左足を注意深く動かしてのぼって行った。畜生め、いつでもスーパーで用をすませているのに、市場だなんてとんでもない話だ。どこでどんなふうにして、こんなことになるのか。不意に千恵子のことを思い出した。早川のせいかもしれない。足は痛みを増し、身体が軋む。女房と再婚する時、小さな結婚式をあげた。同級生数人のささやかなものだ。そうだ。確かに、千恵子とはホテルやモーテルでひと晩過ごす仲だった。連中も知っている。勿論、勝子もだ。あいつと千恵子とは高校時代からの親友だった。しかし、承知の上のはずだ。千恵子には家庭がある。ただの火遊びにすぎない。俺は今でもそう思っている。勝子は初婚だったが、何もかも承知の上で、俺と家庭を持った。ブリキ屋の両親も結婚には賛成だった。俺の両親もだ。アキラの新しい母親。俺が求めたのはそれだ。

階段をあがりきると、弾んだ息を整えた。戸をあける。玄関で長靴を脱ぐ。白い靴下に血が滲んでいる。勝子との寝室。居間。その奥の十畳の子供部屋。そこは晴夫自身が子供の頃から使っていた部屋だ。襖をあける。

千恵子のことなど、気にしていないわ。ふたりで、アキラ君を育てて、いい家庭を作りましょう。

結婚の話を持ちだした時、勝子はそういった。感謝した。何の不自由もさせていないつもりだ。それを、今さら何だ。つまらない、理由もない嫉妬でアキラを痛めつける。何を考えているんだ。

子供部屋は電気が点いていなかった。机と本棚とステレオとテレビ。奥に蒲団が敷いてある。畳はざわざわするほど冷たい感触を足裏に伝えてくる。晴夫は蛍光灯の下まで行った。彼は紐を引張って、蛍光灯をつけた。

蒲団が動き、アキラが顔をかくした。

「どうした、アキラ」と晴夫は穏やかに声をかけた。

しかし、アキラは蒲団に入り込んだままだ。

「プールへ行く日だろう」

枕元に坐った。蒲団の丸まった部分を、てのひらでぽんぽんと叩いた。蒲団はひえきっている。部屋もひどく寒い。

「顔を出せ。アキラ、何があったんだ」

アキラは頑なほどに身動きもしない。すでに予測はついていた。晴夫はその蒲団に潜り込んでいる小学生の息子が自分のような気がした。広すぎる子供部屋。建物が青果問屋と隣接して昼でも薄暗く、晴夫も小学生からこの十畳を与えられた。ひとり息子だった彼は、その広さを持て余し、この部屋ではどんなふうにも遊ぶことができなかった。父はしょっちゅう外に女を作っては、母との喧嘩が絶えなかった。しかし母親は晴夫につらくあたることはこれっぽっちもなかったし、そのうち彼が高校に入ると、広い部屋めあてに多くのクラスメイトが出入りしはじめた。デパートに勤めている仲村と造船所にいる古畑。それに千恵子や、今の女房の勝子も。それから、今日首都から戻って来た満夫も、この部屋に入りびたった。煙草を覚え、酒を飲み、かっこうの溜り場になったものだ。十畳の部屋を持っている友達はいなかったし、部屋は部屋らしくなった。考えてみれば、千恵子と俺が、はじめて、男と女になったのは、あの頃だ。しかも、ここでだ。そして、今また、この部屋は息子ひとりのものになった。アキラはこの部屋で、どうやって遊んでいるのだろう。俺がそうだったように、持て余しているだろうか。

そっと蒲団をめくった。小学生の自分の顔があらわれる気がする。アキラは身体をまるめ、眼を見ひらき、晴夫を見あげていた。いたぶられ、おどかされ続けた生き物のように、おどおどと怯えていた。そのうえ右の眼の下に青いアザがあった。それは、まるで触ったら崩れてしまいそうなほどはれあがっており、晴夫は一瞬、息をのんで見つめた。こんなにひどいのは、はじめてだった。朝、学校へ出かける時にはなかったものだ。せめて友達と喧嘩でもして作ったのならどんなに助かるか、と願うように思った。アキラはじっと父を見あげている。

「それ、どうした。正直にいってみろ。また、母さんか」

アキラは激しく首を振った。頷いたのと同じだ、と晴夫は思った。足の痛みも忘れ、首都から引越してきた同級生のことも忘れ、彼は、市場に行っているという勝子の、少し斜視の眼を思い浮かべた。

「転んでぶつけた」

息子は怯えた声で必死に力を込め嘘をいった。

「そうか。転んだのか」

「うん」

「明日も転びたいか。明後日はどうだ。毎日、転びたいか。左の眼も、唇もアザだらけにして学校へいきたいか。誰がやった。父さんはおまえの味方だぞ」

アキラは口を噤んで、眼を軽くつむり、僕が転んだ、と繰返した。パジャマの下は見るまでもない。腕にも肩にも、強くねじった爪跡がほうぼうにあるはずだ。晴夫が勝子を叱れば、翌日には身体の傷がまた数を増す。継母には何もいわないで欲しい、殴られたり、つねられたりするのは僕なのだ、父さんではないのだ。息子の必死に耐えている眼差しから、彼はそんなふうに読みとった。

いったい、いつからはじまったのだろう。四ヶ月、いや半年だ。少くとも俺が異変に気づいてからは。最初は少し度を過ぎてアキラを叱ったか、アキラが継母にいつまでもなじまなかったからか、どちらかだと思ったのだ。

珍しく、息子と一緒に風呂に入って、身体中のアザを見つけた時、晴夫は驚いてきただし、素裸のまま風呂場を飛びだして、勝子をこっぴどく殴りつけた。あの時、勝子は鼻血を出して俺を睨みつけた。そして、低い声でいった。

あんたは千恵子と結婚すれば良かったのよ。千恵子なら、なんだってうまくやれたわ。

なんの話だ。それとアキラを折檻するのとどうつながるんだ。

本当はできれば千恵子と結婚したかったと思っているんだわ。今だってどこかでこっそり千恵子と会っているのよ。それに……。

そこまでいっきに喋り、勝子は手の甲で鼻血を拭いた。

それに他のクラスメイトだって、皆んなあたしを笑い者にしているわ。あんたたちはぐるになって、最初からあたしを裏切っていたのよ。

おまえと結婚してから俺は千恵子と電話で話したことだってないぞ。時々あいつらとも飲むが、誰もおまえのことを笑い者になんかしない。

お酒を飲む時はいつだって千恵子がそばにいるのよ。ずっとそうだったでしょう。隠してもわかるわ。

どうかしているんじゃないか。

あんたはひどい人だわ。あたしに急に母親役を押しつけて。千恵子は美人で、いつだって男にちやほやされてきたわ。あたしは、ブリキ屋の娘で、こんな眼をしていて、結婚だってあきらめていたのよ。

今、俺とこうしているじゃないか。いっていることが滅茶苦茶だぞ。

晴夫は、斜視の眼で正面から彼を睨みすえている勝子を見た。彼は素裸で突ったたまま、いったい何がどうしたのか、整理がつかなかった。やっと彼はいった。

アキラがもし悪いことをしたのなら話は別だが、そうでないならもうやめろ。二度とここそ折檻するな。

晴夫は風呂場へ戻った。あの時も、アキラは湯舟にも入らずに怯えて、風呂場で待っていた。全身を緊張させてふたりの話に聞き耳をたてていたに違いない。晴夫は息子の眼の前にしゃがみ、筋肉のついていない腕を握り、もう大丈夫だ、今日の母さんはどうかしているのだ、とゆっくり話した。それでも、アキラの身体の強張りはほぐれず、頷きもしなかった。彼は仕方なく、立ったままの息子の身体を洗ってやった。

結局、そんなことは無駄だった。折檻は次第に激しくなるだけだった。もしかしたら、あれで、かえって勝子の不可解な感情に拍車がかかったのかもしれない。ことあるたびに彼は怒鳴り散らし、勝子を殴り続けてきた。そして、今日のこの有様だ。勝子が悪いのだ。彼の思いはいつもそこにだけ行き着いた。

アキラはけっして母親がやったとはいわないだろう。今夜、プールに行くことはとても無理だ。愉しみにしていたのに、何ということだ。怒りがこみあげた。無数の言葉がただ頭を駆け巡る。

「今の母さんと暮したいか」

駆け巡る言葉の中から、晴夫は最も端的な問いを口にした。アキラが唇を嚙んで、無言のまま首を振った。

「どんな母さんならいい」

「いらない」

息子がやっと口を利いた。その声は広すぎる部屋いっぱいに満ちるようだった。天井や壁や床にぶつかり、晴夫の鼓膜に響く。

「どんな母さんも、いらない」

もう一度、しっかりと決意した声で、小学生の華奢な身体全身が答えた。

「わかった。よし、わかったぞ」

それから、胸や腰に痛みはないか、ときいた。アキラが首を振った。

「わかったから、蒲団に入っていろ」

すると息子は、その齢で、この世の中のすべてを知ってしまったような妙に大人びた眼で、父を見返した。晴夫は蒲団を整えてやり、息子の髪を撫ぜた。父親の手が触れた途端、息子は顔を横にして、その手を拒むようにした。夏になったら、市営球場にプロ野球が来る、一緒に行こうな、といってみた。反応はない。晴夫は途方に暮れ、もう、駄目だ、とその時、あらためて思った。道はひとつだった。

「父さんは店に行く。母さんが帰ってもここには入らせないから安心しろ」

彼は十畳の子供部屋に立ちあがってきっぱりといった。自分にもいい聞かせた。アキラは父の手を拒んだ時のまま、顔をそむけている。何故、この俺にそんなふうにするのだろう。きっとまた、俺が勝子を叱ることで明日の母の仕打ちを恐れているのだ。そうに違いない。階段に出ると、すっかり夜があたりを包み込み、冷気が皮膚をこわばらせた。

爪をかばってサンダルをはき店に戻った。ふたりの男子店員は駅前の新装開店のパチンコ屋の話をしている。そうでなければ競輪の話だ。今時の若い奴は、と彼は自分も数年前までそうだったことなどとっくに忘れて苦々しく思った。晴夫は古株の女子事務員の隣りの椅子に坐った。

「帰っていいですかね」と数ヶ月前雇った愛想のいい若者がきく。

「開店に間にあわせるんでしょう」と十代の女子店員が茶化す。

「どうですか」

「いいぞ。ごくろうさん」

「それじゃ」とふたりの若者が解放されたように笑って、奥の小部屋に行ってしまった。

「あたしも帰ろうかな」

十代の少女も屈託なく、あくびを嚙み殺し、それとなくきく。帰っていい、と晴夫はいい、まだ帳簿をつけている中年の女子事務員にも、そう伝えた。

「ええ、これが終ったら」

小部屋でさっぱりとしたコートに着替えた若者がそろって出て来、お先に、と外へ出て行った。十代の娘も毛皮の半コートを着込み、セカンドバッグを持って、友達と会うんだ、と陽気に声を弾ませた。軽トラックの間を通り、店を出て行った。三人共、それぞれいそいそとし、まるで一刻も早く店から出て、晴夫たちと無縁な場所に行きたがっているように思えた。

「若社長、さっきの七間町のお友達、どうします。今日、ぜひとも来てほしいそうですよ」

「わかっている」

同級生か。もうたくさんだ。勝子と結婚する時だって、大半は反対した。彼らはいった。千恵子と上手くやっているのを勝子だって知っているのに、順調に行くとは思えない。千恵子と結婚するなら、まだ、話はわかる。あまり単純に考えるな。あのふたりが高校時代、親友だったのを忘れたのか。そのとおりだよ。自分ならそんな馬鹿な真似はしない。おまえは今でもアイビーの世間知らずのぼんぼんさ。

散々、いわれた。でも、俺は勝子がアキラのいい継母になってくれて、楽しい家庭を作る自信があった。千恵子では無理だった。家庭を持っていて、俺とも遊んだのだ。千恵子が離婚して、俺と一緒になっても、前の女房が男を作って家を出たように、どこかでいつか同じことを繰返すだろう。そんなことはよくわかっている。だから勝子を選んだのは間違いではない、とあの時は思ったのだ。勝子の両親、うだつのあがらないブリキ職人の父は、この店の女房になることに、ことのほか熱心だった。義父が千恵子のことを知っていたかどうか分らない。知っていても、いずれは海炭市で二、三軒の店舗を構え、街一番の燃料店になるに違いない俺の家に、娘が後妻で嫁ぐのに反対はしなかったろう。第一、俺の両親でさえ、こみいったことは、何も知らない。再婚話の時、母は、勝子さんなら、気心が知れているから、といったほどだ。

「奥さん、遅いですね」

中年の女子事務員が帳簿から顔をあげていった。

「今日」と晴夫はいって声を濁らせた。息子をひどいめにあわせるのを見なかったか、ときこうとしたのだ。

「今日、どうかしました」

「いや」

きく必要はない。店員はこの家のありさまをすべて知っている。知っていて、沈黙している薄情な連中なのだ。

首都から引越してきた満夫のことは、悪いが後回しだ。勝子が帰るのを待たねばならない。アキラをひとりきりにするわけにはいかない。そして、古株の女子事務員が帰ったら、郊外の別宅にいる両親に電話をする。明日、家裁へ行く、と。もう決めた、と。父はどういうだろう。一度勝子さんを精神病院に連れて行ってはどうか、と説得しようとしたことがある。一ヶ月半前だ。今度は何というだろう。

晴夫はサンダルを脱いだ。かがんで、靴下を静かに脱ぐ。渇いてこびりついた血が、音をたててはがれた。父は承知するはずだ。母も。とりあえずふたりの許にアキラをあずけよう。

「どうしたんですか」

女子事務員が驚きの声をあげ、左足を見た。

「プロパンで、ガツンだ。くそったれめ」

あのやくざ者の女房が巻いてくれた繃帯も滲みでた血で染っていた。その話をした。

「見かけによらないものですね」

「本当だ。勝子とは大違いだ」

思わず彼は口にしてしまった。女子事務員が押し黙った。彼女は帳簿の最後をつけ、伝票を整理した。クリップでとめ、机に置いた。この人は何も知らないのだ、と思った。あたしは前の奥さんのことも、今度の奥さんのことも、ずっと見てきた。何という女だったろう。奥さんとクラスメイトだった、というあの人は。前の奥さんもあの女のせいで、いたたまれなかったのだろう。結局、家を出たが、散々、愚痴を聞かされたものだ。今の奥さんはこの家へ来て、とても頑張った。頑張りすぎたのだ。愚痴も聞いたことはない。そして、あの女の人は、若社長のいない時を見はからって、しょっちゅう、電話をかけてきた。デパートの催しや食事の誘い。奥さんの返辞のはしばしでわかる。奥さんは自然にふるまおうとして、緊張していた。それから、ある日、アキラちゃんのことがはじまった。哀れだ。誰も、彼も。でも、同情する必要はない。彼女は帳簿を本立に立てた。自分にどんな落度もなかっただろうかとは、一度も考えたことはないのだ。この人は本当にアキラちゃんをかわいいと思っているのだろう。でも、それはどういうことなのかと、考えたことがあるかしら。そうは思えない。それならどうして、奥さんがアキラちゃんをかわいがることができるだろう。勝手過ぎる。彼女は若社長の繃帯を巻いた足指を冷たく見つめた。この人は奥さんの心は石ころか、闇みたいなものだ、と時々いう。けれど、それはこの人自身かもしれない。気づかないだけだ。

今日の奥さんはとてつもなくひどかった。こぶしで何度も、アキラちゃんの顔を殴った。あの女から電話がきたし、アキラちゃんが店を走り回ったからだ。わたしは見かねてとめに入り、奥さんに必死であやまった。やめて下さいと叫んだ。奥さんはぞっとするような形相で、お黙り、とわたしに叫んだ。激しい息遣いで、あたしはこの子の子守りだけでこの家に来たのだから、この子をどう育てようと、誰にも口だしはさせない、と金切り声をあげた。今でも、とても正常とは思えないあの声が耳に残っている。奥さんは病院に行ったほうがいいかも知れない。そう思う。無駄にあがくことはない。それでもわたしが平あやまりにあやまったので、奥さんは少し気持が落着いた。わたしはアキラちゃんを子供部屋に連れて行き、蒲団を敷いて寝かせた。

「おわりました」

「ああ、ごくろうさん」

晴夫は左の親指から眼を離して答えた。外は真っ暗だ。彼女は立って、ハンガーに架けてある友人から貰った型の古いオーバーを着た。急いでスーパーで買い物をし、夕食を作る。主人はもうビールでも飲んでいるだろう。中学生の娘が、何か簡単なつまみでも作って、主人と一緒にテレビを見ているかもしれない。そこは六畳の台所だ。十畳の子供部屋なんて馬鹿げている。

「お先に失礼します」と彼女はいつもどおりの口調でいい、夜の雪道に出た。

晴夫は広い店にひとり取り残された。上の部屋には、アキラがひとりで蒲団に潜り込んでいる。離ればなれである。彼はそれにすら気づかない。

煙草を吸った。吸い終ったら、両親に離婚を決意したことを電話で告げる。いや、店のシャッターを降し、鍵をかけよう。勝子を今夜から一歩も家に入れず、アキラを車に乗せて、直接両親の別宅へ行こう。それがいい。彼は真っぷたつに裂けた親指の爪の痛みを、疼きのように感じ、そうすることに決めた。絶対にだ。女子事務員が帰ってしまうと、首都から帰って来た友達のことはすっかり忘れてしまった。頭にあるのは、この半年間、ひたすら息子をいたぶってきた、あの女だ。わけのわからない嫉妬で頭がおかしくなったのだ。俺は女運が悪い、といつものように彼は考えた。

5　一滴のあこがれ

毎晩、あんな調子では本当に困ってしまうわ。隣りの奥さんともそんな話をしたのよ。同じことをいっていらしたわ。

朝、眼ざめると、台所で母の声がした。耳を傾ける。アパートはふた部屋で、四畳半の台所がついていた。僕の部屋は台所の隣りで声は筒抜けだ。もっとも隣りの住人の声や物音もだ。パジャマを脱ぐ。二月だ。寒い。海炭市から八十キロ離れた人口二万に満たない仙法志《せんぼうし》町に住んでいた時にも、気温はこんな程度だった。それなのに、この街では、なんだかそれはもっと背筋のざわざわする落着かない寒さだ。どうしてだろう。朝、いつもそう考える。母の声がまだ聞こえる。

淳は十四なんですよ。まだ中学の二年生でしょう。困ります。男と女の営みを、ああ毎晩、派手にやられては、この先、思いやられるわ。

仕方がないだろう。

父がいう。新聞でも読んでいるのだろう。テレビの音は聞こえない。

仕方がないって、何を考えているんですか。

街を牛耳っている暴力団の組員の所に文句をいいに行けというのか。

パジャマを畳み、青地に茶色っぽい赤の線がチェックに入ったワークシャツを着た時、父が声を荒げた。母は黙った。ウェストポイントのジーンズをはく。父がまたいった。

淳は確かに十四だ。だが、十四なら多少のことを知っていてもいい齢だ。

そのとおり。僕はジーンズのジッパーをあげて胸の内でいう。今では父より背が高い。仙法志町で父がほそぼそやっていた塗装会社が倒産してから、母の愚痴はひっきりなしになった。そしてすべての事柄に対して、頭にもしもがつくようになってしまった。もしも、あの時、手形をどうこうしていたら。もしも、海炭市に行ったら。もしも、淳がせめて十七、八なら。もしも、もしもの連続だ。母は何もわかってはいない。すくなくとも男がわかっていない。そんな言葉は、自分を侮辱する言葉なんだ。この街で去年の暮れから住み、塗装会社の平の社員になって、現場にも出れば、週二回、夜遅くまで営業もする父を、認めない言葉でしかない。どうして母にはそんなことがわからないのだろう。

母は鶏卵問屋の卵の選別のパートの仕事の最中にも、その言葉をひっきりなしに連発しているのだろうか。もしも、去年倒産さえしていなければ、毎日、卵の選別などする必要はないからだ。

台所の戸をあけ、お早よう、と僕は陽気な声をだす。

「遅いじゃない。早く御飯を食べなさい」

「学校はどうだ。すこし馴れたか」

僕は頷く。この街へ、夜逃げのように越してきた時は、冬休みの最中だった。川のほとりの新しい中学に通いはじめて、まだ一ヶ月とちょっとしかたっていない。顔を台所のステンレスの流しで洗う。水はつめたい。でも僕の皮膚も負けてはいない。乾いたタオルでごしごし顔をこすり、コタツに入る。温かい御飯とみそ汁と生卵。割った卵に醬油をたらし、箸でかきまぜる。学校まで歩いて十五分だ。父は新聞のスポーツ欄を読んでいる。

「あの川のことだけど」と僕は御飯を咀嚼しながらいう。

「何て名前だったかな」と父はきく。

「押切川よ」

「あんなドブ川がどうかしたのか」

「十五、六年前にはずいぶん魚が棲んでいたそうだよ。社会の先生が教えてくれた」

「淳が生れた頃ね」

「一度汚染されると、あっというまだって」

「そんなものかもしれないな」と父の声は興味がなさそうだ。

父は立ちあがり、作業着を着る。本当は河口の話がしたかったのだ。そこでは水量も幅も倍近くになり、風の強い時は荒れ狂うそうだ。僕は土手を歩くだけで、河口まで行ったことがない。そんな光景を思い描くと信じられない気がする。そこでは、川はきっと川の姿を取り戻すのだと思う。一度、必ず行きたい。土手ばかり歩くのは退屈だ。今日は工業団地のほうの現場だ、と父はいう。僕は御飯をかき込み、みそ汁で流し込んだ。工業団地というのはどの辺なのかしら、と母がきく。

「空港の近くの産業道路の向う側だよ」

「工業団地とか産業道路とか、ずいぶんものものしいわね。どんな所なのかしら」

「十日ほど前にも行ったが、何もない所さ。同僚にたずねたら、数年前までなんでも、音江とかいう村だったんだそうだ。合併したもので、景気良く名前をつけたのだろう」

父は笑った。そして、宅地ばかりあり、所々に家が建っている、それも新築と昔ながらの残された農家で、たいした団地だ、と付け加えた。そのあたりも汚染された川のようなものかもしれない、と僕は思う。僕が顔を出してからふたりとも、隣りのやくざ者夫婦の話はしない。余計な気をつかって、母が遠回しにでも話したら、うっとうしいだけだ。性について知らないことは多くても、深夜、壁一枚向うの部屋で女の人が切れ間なくたてる、悲鳴のようなあえぎのような声が何かは、良くわかっている。そして、それは母も同様にたてる声であることも。

「帰りは遅くなる」と父は玄関で作業靴をはいて母にいった。

一日中、塗料やトルエンの匂いにまみれるのだ。父に、もしも、はない。ドアをあけて父は振返り、本当にあの川に魚がいたのか、と僕にきいた。そうらしいよ、と僕は答える。

「今でも一匹ぐらい、いるかもしれないわよ」

「何をいっているんだ。この街は川でも村でも根こそぎにするつもりさ」まるで、たった今僕が考えたと同じことを父はいう。

とにかく、新しい中学で友達を作るんだな、と父はいって、出て行ってしまった。たぶん父は、その川のほとりを十五分かけて学校まで歩く息子の姿を思い描いたのだろう。タオルで顔を四分の三かくし、塗料のスプレーを吹きつけ続ける父の一日を、僕が思い描いたように。

食事を終えると母も、近所の鶏卵問屋に出かける仕度をはじめた。男もののアノラックを着こみ、ぐずぐずしていないで早く行きなさい、鍵を忘れないように、という。生返辞をする。母は母で、何人もの女たちと一緒に、卵の大きさやひび割れを、一日中、作業場の中で選別するのだ。

ひとりになるとアパートは急に静まり返った。隣りの物音もしない。女の人は夜の勤めだというし、昨夜は二時頃から例のことがはじまった。いつもどおり、近所のことなんかはばからない声をあげ続け、僕にはそれが何時間にも思えた。でも厭な声ではなかった。かえってあけっぴろげで、自分たちの時間をめいっぱいの快楽で満したような充実した声だった。僕は蒲団の中で、その声が終るまで耳を傾け続け、ふたりの身体がどんなふうにからみあったり、離れたりするのか、頭の中で思い描いた。そうすると、僕の皮膚は火照って、耳は敏感になってしまい、自分のペニスをそっと握りしめたりした。ペニスは温かくて血が脈打ったようになり、でもそのうちうとうと眠ってしまった。ふたりだけの愉しみの残りが、今、隣りの部屋にまだ残っている。そして、ふたりはその底で眠っているのだろう。僕は女の人とは一度顔をあわせたことがあるが、その時、にっこりと僕に笑いかけたものだ。化粧もしていなかったし、小柄なただの三十近い女の人だった。男の人には会ったことがない。

まだ、僕は性を知らない。いつかその場に出会うことだけがわかっている。遠い未来のような気がする。でもその時僕は、深夜隣室から響いてくるあんな喜びの声を、自分のものにすることができるだろうか。

そう思った時、一瞬、僕の胸深くに、亀裂のような虹色の光が、走り抜けるのを強く感じた。住み馴れた仙法志の町の小さな自宅から、この街に来た後、時々はっと感じる光だ。どこからどこへ走り抜けるのか、自分でもわからない。父も母も今の学校の先生にも話したことはない。心が疼き、ペニスが熱くなった。隣りの女の人も深夜、これに近い一瞬の輝きのようなものが身体を走り抜けるのかもしれないと、想像してみた。虹色の感覚がよぎると、周囲が真新しいものに見える。でもそれは一瞬だ。

十時になるまでアパートを出なかった。ずる休みははじめてだ。父も母もそれを知ったら怒るだろう。母は、もしも、倒産もせず、自宅も手離さず、転校もしなければ、と嘆くかもしれない。

切手のカタログと、これまで少しずつ集めてきた数少ないコレクションを眺めて、デパートが開く十時までの二時間近くを過ごした。カタログを見るだけで、幸福な気分になった。様々な思いがふくらむ。このあいだまで住んでいた町にいた時、マンガ雑誌の広告に載っていた通信販売で取り寄せたものだった。一九一九年十月三日発行の一銭五厘の飛行試行記念は今では十万円もする。でも僕が欲しいのは、スポーツの切手だ。東京オリンピックの記念切手は二十種類あるが、安いものから一枚ずつ集めるつもりだ。カタログの後ろの頁には、切手商加盟店の一覧表がある。海炭市には繁華街のデパートに一軒だけあるのだ。今日、僕はあの幅十二、三メートルの川の土手を歩かず、小遣いを持って切手商に行く。

冬もののヨットパーカーを着る。その上に、Gジャンをはおろうと思ったけれどやめにした。幸い、とてもいい天気だ。フードを被らず、赤のスニーカーをはく。重量あげと自転車とボクシングを買いたい。カヌーもいい。いろいろ想像すると僕のスニーカーは弾むように軽く感じる。それだけで心がいっぱいになる。以前は、会費を払い、月一度、二十種ほどの切手が送られてきて、自分の好きなものを選んでいた。残りと代金を後で送るシステムだ。でもそれではとても物足りなかった。海炭市に住んで、切手商のあることを知ってからは、その方法はやめにした。そして、いつか実際に行こうと思っていた。今日にしたのは理由はない。日曜日でもいいのだけれど、混雑している時より、ひとりで、のんびりと見たい。

アパートを出た。二階建てだが、僕ら三人は一階に住んでいる。冬の陽射しが眩しい。眼を細めてアパートを見あげると、大人の腕ほどもあるツララが何本も、まるで人の頭にねらいを定めているようにたれ下っていた。ツララも冬の陽を吸いこんで、内側から輝いている。視線を隣りのドアに移す。静まり返っていたが、鍵穴やドアの隙間から、あのふたりの夜の空気がかすかにもれでているようだ。昨夜のように身体まで火照りそうだった。スニーカーで新しい雪を踏み、その場を離れた。

繁華街まで行くのははじめてのことだ。考えてみれば、一ヶ月ちょっと、土手ばかり往復していた。

古い総合病院まで、国鉄アパートと呼ばれている何棟かの古びた団地の間を通って出、そこから路面電車に乗った。それに乗るのもはじめてだった。僕は運賃さえ知らない。電車はワックスのきつい匂いがし、乗客は少ない。夏には廃止になるかもしれないのだそうだ。車体は上下左右に、ひっきりなしにがたがた揺れ、一緒に街並みも揺れる。運転席のむこうに、絶えず山が見える。それはなだらかで、白一色で美しかった。なんだか、電車は繁華街に進んでいるのではなく、山のふところに向っているみたいだった。あの山の向うには海がある。夏には海水浴客でいっぱいになるそうだ。新しいクラスメイトの話では、七メートルもある切りたった岩からダイビングをするのだそうだ。その岩は海水浴場の外れの海中に突きでていて、とても勇気がいる、という話だった。肝試しだ、でも勇気がいるのは最初の内だし、何度かやれば馴れる、ただ泳ぐなんてつまらない、とそのバスケに入っているクラスメイトはいった。

夏になったら、やってみるかい。

ああ、必ずやるよ。

僕はすこし見栄を張って答えた。バスケット部にしては背の低いそのクラスメイトが、転校生の僕を、それで試そうとしていることがよくわかったからだ。彼は、よし、夏が愉しみだな、といって僕の肩を叩き、他のクラスメイトの所へ行って、ひそひそ話していた。彼らが教室で僕を見、二、三人にやにや笑った光景を忘れない。

仙法志町も海沿いの小さな町だったけれど、ダイビングするためのそんな高い岩はない。夏、僕はこの街で、その海から突きでた岩の上に立たなければならない。クラスメイトは固唾をのんで岩のてっぺんの僕を見守るはずだ。やってみせる。何ヶ月も先の話だが、必ずやってみせる。その時僕は三年生だ。少し、恰好の悪いダイビングでもいい。岩の上で立ちすくんで、すごすご降りてくる真似はしたくはない。いい物笑いになってしまう。

運転席の正面のガラスから、ふっくらとした雪山を見、僕は皆の好奇心や注目に晒され、ダイビングする日を待ち望んだ。夏を焦がれた。そして、真っさかさまに海に飛び込む自分を思うと、うっとりする。七メートルの岩。そんな勇気なんて本当はない。でも、どんなことがあっても、僕はそこから、飛び込む。隣りのやくざ者の男と女の、壁越しに聞こえる行為やふりしぼるような女の人の喜びの声に、内心あこがれているように、夏の危険なダイビングにいどむ自分にもあこがれている。強い夏の日。多くの眼差し。そして青銅色の海。そのふたつがどこでどう繋がるのかわからないが、想像するだけで僕のペニスから何かがほとばしりでるような気がする。

繁華街の十字路で下車した。運賃箱に百四十円入れた時、運転手が僕をじろじろ見る。子供が何をしているのか、といった眼だ。他にはお婆さんがひとり降りたきりだ。これからはじめて切手屋へ行くのだ、と思うとうきうきした。それは今まで、カタログの世界の中にしかなかった場所だ。僕は父が仙法志町を捨てて、海炭市へ来たことに感謝している。

道より一段高くなった停留所から、スニーカーの底に勢いをつけて、とん、と身軽に飛び降りた。運転手の眼なんか気にならない。肩で、ヨットパーカーのフードが風に揺れる。満足だ。

平日の繁華街は、思ったより人が少ない。三階建ての本屋があり、帽子専門店があり、ゲーム・センターがあった。どれも客は少ない。ここはまだメインストリートの外れにあたる場所だ。デパートの建物が三つ、ひときわ高く見える。駅のロータリーに一番近いデパートが目ざす場所だ。仙法志町とはまるで違う。マクドナルドがあり、電車道を挟んだ薬局のビルにサラ金の看板が出ている。マクドナルドは銀行の隣りで、切手を買ったら、帰りはここに寄ろう。街の中に入り込むと山の姿は消えてしまった。十字路のグリーンプラザに出た。右手は赤い象や青い馬や白いアヒルの形をした、子供が乗って遊ぶ動物が置かれ、ところどころにベンチがある。動物たち以外は雪が覆っていて、緑はどこにもない。プラタナスはすべて枝ばかりで、子供たちも遊んではいない。

左手は工事中の市役所と、そして、山が再び見えた。ひっきりなしに揺れる電車の中でもずっと何かがひっかかっていたのだけれど、どうして僕はあの山に魅きつけられているのだろう。冬の陽は真上に来ている。山の向うの海水浴場。夏。岩。それだけではないのを感じ、僕は立ちどまって、輪郭のくっきりとした山を眺めた。なんだろう。ずっとこの街に住んでいる人間なら、気にもしないことなのかもしれない。じっと眼をこらすと、山は二月の真昼の光を吸い、青空に溶け込みもせず、展望台まではっきり見える。何メートルの山か僕は知らない。でも、もっと集中して山を見続けると、今までくっきりとしていた輪郭がぼやけはじめたような気がした。なんだろう。たぶん、ダイヤモンドダストに違いない。それが山全体を覆いかけている。眼を凝らす。いや、そうじゃないかもしれない。そうではなく、山は一度吸い込んだ冬の陽を空に向かって発散しているのだ。輪郭は輝き、山は息づき、発光体になっている。生きているんだ、と僕は思った。あの山は、呼吸をし、生き、僕を見つめているんだと思った。すると胸がしめつけられそうになった。身体の内に山の細かい粒子になった発光体が入りこんでくる気がし続け、きっと熱でもあるのだ、と考えた。でなければ、僕の眼がおかしくなったか、頭の奥の神経が一本か二本、ねじれたか切れたか、どちらかだ。

力をふりしぼって、僕は山から眼をそらした。降りそそぐ光の粒が僕の未知の身体にそれ以上入り込まないように。背を向け、雪に埋った小公園に、ざくざく、スニーカーでわざと大きな音をたてて入り込んだ。そして、フルーツ・パーラーの路地を入った。知らない道だ。まだ頭がくらくらした。僕はおかしい。そうとしか思えなかった。

そのまま路地を出ると映画館街だった。以前の町には一軒しかなかったのを思いだす。それが、ここでは何軒も並んでいる。一軒ずつ、スチール写真を眺めた。イタリア映画があり、スピルバーグがあり、ポルノ映画があった。リバイバルのやくざ映画もあった。スチール写真を眺めると、少し落着いた。のびのびした気分になった。山が発光し、それが僕の身体に入ってくるなんて、どうしてそんなことを考えたのだろう。笑い話みたいだ。

その次の映画館に移った。心が躍った。ミツバチのささやき。本当は半年前、向うの町で見たものだった。でも、海炭市で今日、その中に出てくる少女と再会できるとは思わなかった。文句なしだ。切手を買ったら、その映画を見ることにきめてしまった。それに暗がりに、ひとりでいたい。だからそうする。そのあとマクドナルドでハンバーガーとストロベリーシェイクを胃に詰め込もう。

デパートの四階にある切手売場は想像した以上だった。嬉しくて眼を見張った。山のことなんか、どこかへ行ってしまった。スペースも広く、ウィンドウは磨かれ、ふたりの女の店員がのんびりと立っていた。壁には主に外国切手が、数種類ずつまとめて下げてあり、棚には様々な切手帳がある。古銭の陳列されたウィンドウの隣りにはテレホンカードが並んでいた。客は僕だけだ。古銭とテレホンカードを過ぎ、切手のウィンドウに行く。年代物の年賀切手のコーナー、古い何枚かつづりの郵便切手帳、この国が侵略していた時代の朝鮮文字入りや満州の切手、どれもこれもいつまで見ても見あきないものばかりだ。

けれど、僕の小遣いで買えるしろものではないし、それに手に入れたいのは、あくまでもかつて首都で行なわれたオリンピックの切手だった。それは僕の生れる十年前に開催されたものだ。ウィンドウの角にワゴンが三台並んでいる。ワゴンには、一枚一枚セロファンの袋におさめられた記念切手が何十種と入っていた。自由に自分で選べる、と考えるとうれしかった。もしかしたら、一枚一枚、ウィンドウから出してもらわなければならないのか、と取り越し苦労をしていたからだ。店員はレジのそばのスツールに腰かけてお喋りをはじめた。

とても気楽な気持になって、ワゴンの中のセロファン入りの切手を指先で軽く払うようにし、僕はオリンピックの切手を捜す。セロファンには一枚一枚、値段のシールがついていたが、カタログの通信販売より、わずかに安かった。重量あげが見つかった。六十円だ。カタログでは八十円になっているものだ。僕は重ねて置いてある紙の皿を一枚取って、その中に切手を入れた。オリンピックのものはだいたいそろってい た。ホッケー、六十円、ボクシング、百八十円、自転車、八十円、水球、百三十円。最後に槍投げをどうしようか、と迷った。それは三百五十円で、せめてあと百円、安ければと思った。近代五種なら八十円だが、やはり槍投げが欲しい。どうしよう。女の店員はまだお喋りをしていて、こっちなんか気にもしていない。

映画を見なければいい。映画をあきらめれば、あと四種類は手に入る。それが、僕のアルバムにおさまるのを想像してみる。いつもだったら、きっと、映画はあきらめたろう。でも、僕の心は躍っていたし、あの映画の中の小さな女の子が好きだった。ほら、例の人、どうしているの。元旦に山で遭難した男の人の妹さん。あなたの中学の同級生なんでしょう。

女子店員が話している。切手をいじりながら、僕は映画のことを考える。確か、モノクロ映画に出てくるフランケンシュタインに心をうばわれてしまう、七、八歳の女の子だ。ずっと遠くの、でも、たったひとつのことしか見ていない眼。その眼を見た時、すっかり僕はあの子にのぼせてしまった。笑われそうだけれど、スクリーンであの子を見た時、僕が感じたのは、世界、という言葉だった。それは中学生の僕が一度も思ったことのない言葉だ。今日、切手を買ったあと、もう一度、この海炭市で、セカイを見る。そうだ。槍投げはこの次でいい。とても嬉しい。それに僕はスクリーンだけの暗がりが好きだ。映画館の中では、僕は孤独ではなかった。

どうしているかしらね。中学の頃も物静かで無口な子だったし。

でも、あれは自殺だと思う？

考えたことないわ。

あたしはそうだと思うけど。

皆んなそれぞれ勝手に思えばいいのよ。そうでしょう。

遭難？　僕はふと耳をとめた。なぜ、グリーンプラザで山を眺めた時、不思議な気持になったか理由がわかった気が、ちょっとだけした。すっかり僕は忘れていたのだ。去年の暮れ、逃げるようにこの街に来て、はじめて印象に残った事件だった。父も母も新しい街での再出発のために、そのことには何の興味も示さなかった。でも僕の最初の、この街での印象は、あの遭難と切手屋があるということだった。心のずっと奥にそっと隠されていたものが急に光を浴びたような気がした。年齢はいくつだったろう。確か、二十六か七だった。

遭難だなんて、ちょっと考えられないわ。

あたしは彼女と同級生だったから、そうは思いたくないの。

やさしいわね。

そんなのじゃないわよ。厭なだけ。こんな話やめようよ。

そうね。男友達の話でもしているほうがまだましね。

服の話とかさ。

「ください」と僕はいった。槍投げも近代五種もやめた。

最初に話しだしたほうの女が近づいてきた。一枚一枚、レジを打つ。

「五百十円です」

僕はウェストポイントのジーンズからお金を出す。

「ありがとうございます」と店員はいってレジから四十円の釣りとレシートをだす。

皆んな勝手に思えばいいのよ、といったもうひとりの店員が、紙袋に切手を入れてくれる。

「学校は？」とレシートをくれたほうが、からかうような眼をしてきいた。

僕はまごついた。よしなさいよ、ともうひとりがいい、ねえ、と笑いかけて、紙袋を持って来てくれた。

うつむいて受け取ると、僕はいそいで下りのエスカレーターのほうへ行った。なんだか早く外へ出たかった。外で、もう一度、山を見たい。まだ、山は吸い込んだ陽を空に向けて発光させ、まるで海炭市全体にそのこまかい粒子をふりまいているだろうか。海炭市の人々すべてに光をばらまいているだろうか。そんなことを考えるのは僕がまだ十四歳で子供じみているからだろうか。それとも、そんなことは現実には何もなく、僕の眼にだけあんなふうに見えたのだろうか。

一階まで降り、正面玄関を出る。眼の前は電車道で、もうひとつ老舗のデパートが道の反対にあり、山を遮っている。電車が通過し、さっきより人の数が増えたみたいだった。

早足でロータリーのほうへ行った。山が視界に入った。じっと見つめた。でも、さっきとは違う。もう輪郭も輝いてはいなかったし、落ちついた姿でそこにあった。やっぱりあれはただのダイヤモンドダストだったのだろうか。眼の錯覚にすぎなかったのかもしれない。けれど、そうだとしても、と街角にたたずんで思った。たぶんフランケンシュタインに魅せられたあの女の子と同じ眼で、さっき僕は山を見てしまったに違いない。でもそんなことをどうやって他人に伝えることができるだろう。

しばらく、切手の入った袋を手にし、ぼんやり眺めていた。その時、朝、アパートで感じたように、また一瞬、胸深く、虹色の輝きが走り抜けた気がした。でも、それは一本ではなく、何本にも感じられた。きっと、さっき見たと思った山からの発光体のひとつが、もう僕の中に入っているんだ。あの男の人が二十六歳だったのなら、十二年、七歳なら十三年、齢上だ。すくなくとも、僕はその年月を、時々胸に走る光とともに生きて行くことができる。

夏、七メートルの岩からダイビングして死んだりしない限りは。溺れたり、車にはねられたりしない限りは。

深呼吸をひとつした。父は工業団地とかいう場所で塗料にまみれ、そろそろ昼休みに入るかもしれない。母は仙法志での暮しを思い、卵をLとSのサイズに選りわけている。今夜も隣りの女の人は喜びの声をあげて、僕の耳朶を熱くさせるだろう。八月、クラスメイトの前で、何もおそれずに岩の上からダイビングしてみせる。きっとその男の人は夏山から、そんな僕を見ているはずだ。今の僕の中にもその人は明るい眼をして入りこんでいて、内側から見ている気がする。誰もそんな話にはとりあってはくれないだろう。けれども、僕にはわかっている。僕はそう確信した。その上、これから見に行くあの映画がある。上眼遣いで、たったひとつのものに見入っている少女に、あの暗がりの中で、本当に出会うのだ。七メートルの岩に立った時、僕は、ひとりぼっちではない。山の頂上から見おろす眼と、岩の下から見あげる眼が、僕の内側で交差するんだ。それは僕だけの、海炭市でのはじめての夏だ。ひとしずくの僕。そうして、もうすこしたったら、大事な、かわいい女の人の身体を知る。それはとても素晴しいことなのだ。

それまで切手帳は順調にふえていくだろう。それに荒れた河口にも行っているはずだ。あと四百回はあの土手を歩かなければならない。もう一度、深呼吸し、少女の待っている映画館のほうへ歩いた。

6　夜の中の夜

十日前、店は新装開店したばかりだった。三日間は営業時間は短かかったが、その後は朝十時から夜十時半までの営業だった。普通の店なら十時の閉店だ。うちの店では、跡かたづけに見せかけて、そうしているのだが、それが意外に客の人気を呼ぶ。この三十分の差はひどくこたえた。わずかな時間だが、疲労は何倍にもなる。そのかわり、給料はどこよりもよかったし、二階にある住み込み用の部屋もふたり部屋で冷暖房も完備していて、快適だ。繁華街の目抜き通りにあり、三階建てで、一階がパチンコ屋、二階が寮、その上はこの街の地廻りの組の事務所だ。といっても、その上部の組事務所はもう二本裏の、パーキングビルのある通りに看板を掲げている。この店の三階には看板は出していない。商売上、そうしているのだが、客の大半は知っていることだ。以前この店の持ち主が、デジタル式の機種を入れる資金もなくなって、客に見放され、組が手に入れたことも。どうせ、ろくでもない方法を使ったに違いない。

それでも最新式の機種が入り、出玉が良くなれば客に文句はない。

今日も客は大入り満員で、シャッターを降した頃には、幸郎は全身が朽ちかけた棒のようになったのを感じた。彼は零時二十分の最終の連絡船で海炭市を離れる予定だ。明け方には海峡の向うの人口二十五万の街に着く。それから首都に向う列車に乗り、ふたつ目の駅で降りれば女房と高校生になったばかりの息子に会える。ひと月ぶりだ。息子には土産を買っていないが、かわりに小遣いをやろう。早く、息子の顔が見たい。それから夜、蒲団の中でたっぷりと女房を抱く。そう考えて幸郎は疲労を忘れようとした。

二日の休暇を貰うのは、いつも背広姿でネクタイをしめ、幸郎より五歳若い長身のマネージャーに話してある。マネージャーは、女房をせいぜいかわいがってこいよな、と物静かな声で、さっき店で話しかけてきた。人よりも眼の色が明るい茶色で、それが他人を安心させる。唇は薄く、微笑みを浮かべて店を回る時も歯を見せるようなことはしない。意志の強い男なのだ、と幸郎は思っていた。笑うと茶色の眼がますます明るく光をおび、とても、三階に住んでいる男とは思えない。時々、客に間違われたりする。営業時間を三十分ごまかして伸ばしたのも、彼の考えだ。この世界で順調に出世するタイプだった。

それにしてもこの十日間はネをあげそうになった。春には四十二になる、と幸郎は思った。けれども、齢を取るということは、彼には何の意味も価値もなかった。気がつけばそうだ、というにすぎない。この次、気がつけば、四十八かもしれないし、五十かもしれない。それに彼は、マネージャーとは正反対だった。若い時から肉体労働できたえた広い肩幅。背は低く、猫背で、口は重かった。この店に住み込んでからも、半年ほどはきかれたこと以外、同僚ともろくに口もきかなかった。それに四十二にしては、白髪が多く、中には、とっつぁんと呼ぶ若い者もいたほどだ。

幸郎はまだ店の掃除をしている同僚に、悪いが少し早くあがらせてもらう、と断って、景品場のカウンターに入った。女子店員は帰り、マネージャーがいた。明後日の夜には帰って来ます、と挨拶した。おお、気をつけていけよ、とマネージャーは背中を向けたまま答えた。寮に通じる、やけにしっかりとした鉄製のドアをあけた時、マネージャーが、サチさん、とだしぬけに声をかけた。幸郎は立ちどまった。

あんただからきくんだが、と例の眼をむけていう。コンピューターで今日の売り上げを弾きだしている指先を見た、ついで背の高いマネージャーの顔に視線を移す。眼は明るいが、瞳が小さくなったと感じたら、要注意だった。

「忍の奴のことだが、とんでもないものに、手を出してないか」

返答に困った。

「三階でごろごろしている若い者には、パケはここでは売るなといってあるんだが、店の者で、手を出しているのがいるそうだ。俺もうかつだ。どうだい」

確かめるように、じっと幸郎を見た。薄い唇が強くも弱くもなく、しっかりと閉じられ、やはり、瞳だけが縮んだように感じた。隠しても駄目なのはわかった。しかし、いうわけにはいかない。

「忍は十九ですが、しっかりした若者ですよ」

「それは知っている。でも、そんなことをたずねたんじゃない」

忍とは同室だ。サチさん、サチさんと良くなつく。シンナーとバイクの窃盗と恐喝で夜間高校を退学させられ、一年半鑑別所に入っていた。やっと保護観察が切れたところで、時々、そういったことを他愛もなく自慢する。

「部屋じゃやっていません。ただの噂でしょう」

「そうか。あんたがそういうんなら信用しよう。誰でも傷のひとつやふたつある。そうだろ」

「ええ、まあ」

「三階で、もし、忍にパケを売る馬鹿がいたら教えてくれ。金にせっぱつまった奴ならやるかもしれん。それから、忍がもしそんなものに手を出すなら、きつくいってくれないか。あんたのいうことなら、耳を貸すだろう。あんなものはシンナーなんかとわけが違う。てめえに打つものじゃない。三階にはこっちも釘を刺しておく」

「わかりました」

それから、とマネージャーはいい、近づいてきた。背広のポケットから財布を取り出して、一万円札を二枚引き抜いた。子供さんに何か買ってやってくれよ、といって手に握らせる。死角になって他の同僚には見えない。

断った。

「大入り袋だよ。この十日間の」

断った。

マネージャーは愉快そうに声をたてて笑う。そして、幸郎の手にある二枚から一枚引き抜いた。

「こうしよう、半分だ」

もう一度、断ろうとした。他の全員にも大入り袋で渡す、それだけのことはしてくれた、あんたにおかしな貸しを作っておこうというつもりではない、と今度はマネージャーが断固としていった。幸郎は頷いた。畳んでポケットに入れた。サチさん、あんた、俺みたいな齢下がいうのも変だけど、八年苦労しただけあって、口が固いな、とマネージャーはいった。

幸郎は、金の礼をいい、鉄製のドアをひらき、寮に行く階段にむかった。階段は剥きだしのコンクリートで、一段のぼるごとに疲労のたまった足が軋んだ。身体全部もだ。八年。そうだ。それが苦労かどうか知らないが長い年月だった。マネージャー以外、同僚は誰も知らない。最初、海峡の向うの街から来たといった時には、同僚たちは胡散臭い、好奇の眼差しで見たものだ。むこうの街には居れない、ということだけが確実にわかることで、あれこれきかれても、幸郎は取りあわなかった。今では誰もたずねない。それに、同僚たちにしたところで、黙っておきたいことは大なり小なりあるのだ。早く息子に会いたい。過ぎた年月より、この二日間のほうが大事だ。女房は補聴器を作る会社の工場で働いている。水商売はさせない。

寮のふたり部屋に入ると、早番であがった忍がテレビのスポーツ・ニュースを見ていた。お疲れさん、と変声期が終ったばかりのような声で幸郎にいう。

「いつ、田舎から帰るの」

「明後日」

「俺もさ、今度は海峡の向うのパチンコ屋で働こうかな」

「どうしてだ」

「連絡船に乗ったことがないんだよ。本当だぜ」

対等に口を利こうと背伸びした口調になる。

「この街に生れれば、そんなもんだよ。連絡船に乗る時は、もっとでかい街に働きに行くか、大学に行くか、投身自殺する時さ」

幸郎は微笑んでしまった。

「海炭市は嫌いなのか」

「好きなわけねえだろ。オヤジやオフクロの顔なんか見たくもない」

そう喋ってから、忍は、サチさんの息子は違うと思うよ、とあわてて笑った。憎めない、気のいい若者だ。自分もそうだった、と幸郎は思った。父は狭いたんぼを母とふたりで耕して一生を終った。墓もない。骨は寺にあずけっぱなしだ。自分は？ 自分もそうなるだろう。

備えつけのファンシーケースをひらき、ボストンバッグをだす。どこにでもある黒の合成皮革でできたもので、もう五年以上使っている。下着を二枚ずつ、歯ブラシ、ワイシャツを一枚、タオル。それだけ入れたら、あとは何もない。忍は寝転んでアイスホッケーのニュースを見ている。足元に灰皿を置き、ラッキーストライクを吸っている。幸郎がハイライトを吸っているのを見て、ドカモクだと笑ったことがある。何のことだとたずねると、そんな煙草は土方しか吸わないからさ、といったものだ。何年間もドカモクすら吸えなかった、とその時冗談めかして話そうかと思ったがやめたのを覚えている。

「何時の船？」

画面から眼を離さずにきく。

「あと一時間もない」

幸郎が自分が十九の時、何をしていたろう、と思いだそうとして答えた。そして、やめた。店の制服をハンガーに架け、アノラックを着た。女房と息子の住んでいる土地は海炭市より雪が深い。帰ったら半日は屋根の雪降しだ。

アノラックを着込んでから、テレビの前に行き、忍の隣りに坐った。部屋は四畳半だったが、ふたりなら満足すべき広さだった。忍はいっしんに画面を見ている。男たちが反則ぎりぎりの体当りをすると、忍の眼が輝いた。

「忍、おまえ、少し痩せたんじゃないのか」

ドカモクをだして火を点けてきいた。

「そんなことないよ。昔から身体は小さかったし」

「そうかな」十九で昔とはな、と思った。

「そうだよ。いやだなサチさん」

「三階に通いの男がいるだろ。ジャンパーを着た、三十少し前の」

忍はテレビから視線を一度、こっちへむけた。どんな男かな、といってまたテレビに視線をやる。ニュースはもう終り近い。とぼけている、と幸郎は思ったが、黙って煙草の煙を吐いた。

「夕方、店裏の駐車場で、立ち話をしていたろう」

忍はまだとぼけている。

「古新開町のあたりのアパートで、女と暮している男だ。女はクラブかどこかに勤めているはずだ」

「そういえば話したよ。思いだした。いい人だよ。三週間ぐらい前、燃料屋の男がプロパンガスで足の指を潰したんだって」

「ほう、それで」

長い空白がきまる前、自分もこんなふうに少しずつ、何気なく話しかけられた日々があった、と思った。違うのは、怒鳴り声や机を叩きながらの罵声、ろくな睡眠もとらせず、水も飲ませず、便所にすら行かせてはもらえなかったことだ。そのあいだに時々、世間話を上手に入れていく。

「その燃料屋の真っぷたつに割れた爪を、おかみさんが治療してやったそうだよ。プロでもあんなへまをやるんだなって、笑っていた。いい人だよ。そんな話をしていたんだ」

喋りすぎだ。本当のことをうやむやにしてそらそうとしている。だがその話しぶりの底に、ジャンパーの男と、男が生きている世界を、むしろ忍が好いているのを、幸郎は見逃さなかった。連絡船の出航時間まで、まだ四十分はある。店は桟橋に近い。

幸郎の足なら、急げば七、八分で行けるし、切符は昼休みに、ソバ屋に行ったついでに買った。

海炭市をたつ前に、忍に話をしておきたい。女房と息子と一日過ごして帰ってくるだけだが、なんだか胸騒ぎがした。マネージャーが知っているというなら、他の同僚もうすうす勘づいているだろう。今夜あたり、マネージャーは三階で、店の者にはパケを渡すな、と本当に釘ぐらい刺すだろう。それはそれで儲ければいい、店は店で資金を稼ぐ、どっちもだいなしにすることを一番おそれているはずだ。店は順調なのだ。

しかし、三階の連中も店もどうでもいい。自分は流れ者だ。

「変なことをきくが、鑑別所はどうだった」

「なんだよ。何回も話したじゃないか。めじゃないって」

うるさそうに忍はリーゼントの髪を人差し指でかいて、チャンネルを変えた。身体を起し畳に両腕をつく。何とかロックフェスティバルだ。

「今夜のサチさん、おかしいぜ」

掃除を終った同僚があがって来る音がした。ひとまず自分の部屋に入り、それから外に酒を飲みに行ったり、マージャンをしたりする。幾つもの足音や話し声が廊下に聞こえる。まいった、まいった、と誰かがぼやいている。変った客を笑い者にしている者もいる。

八年の空白が終り、三ヶ月後、幸郎はこの店に来た。たいていは首都へ出稼ぎに行くのだが、そうはしなかった。そして二年になる。今では幸郎が一番の古株だ。忍は半年前に来た。一ヶ月、居つけばいいほうだ、と思っていたのに半年持った。同僚たちは一度、自室に入ってしまった。

「俺、嫌だよ、そんなサチさん。いいたいことがあるならはっきりいってくれよ」

「それもそうだ」煙草を灰皿に押し潰す。

「シャブは知っているよな、忍」

忍は眼を細め、眉間に縦皺を作った。眉は濃いが、髭が生えるのはまだ先だ。

「いつからこっそりやっている」

「そんなもの知らねえよ」

「今夜、ジャンパーから駐車場で、手に入れたろう。ひとパケ、幾らだ。一万か、五千か」

「いつお巡りになったんだい。知らねえものは知らねえよ。第一、パケって、なんだい？」

「おまえが頼んだのか」

「うるせえな。知らねえんだよ。これ以上いったら、いくらサチさんだって黙っちゃいねえぜ」

「そうか」こいつは突っ張り切るつもりだ。

「なにがそうかだよ。俺の親父にでもなったつもりかよ。サチさんは早く、連絡船に乗って自分の家に行けばいいんだ」

忍は激しく苛立ち、声をあらげた。こんな忍を見たのは、はじめてだ。眼が異様に光っている。確かに、忍は幸郎の息子と三歳しか違わない。知らず知らず、父親のようなロをきいたかもしれない。

沈黙がきた。再び忍は寝転び、足を伸ばして親指でテレビのスイッチを消した。そして腕枕し、顔を壁のほうにそむけてしまった。顎がとがり、髭も生えていない、艶のいい若者の横顔だ。立ちあがったら、幸郎より背が高い。店でも、きびきび動き回る。

直接、シャブを打っている所は見たことがないが、もう何度も駐車場の隅でジャンパーの男から、ビニールの包みを受けとっている姿は目撃しているのだ。直接、本当のことを聞いておきたかった。だが、これ以上詮索はやめよう。

出航まで三十分になった。もう一本、幸郎は、ハイライトを吸った。忍に他のことを話しかけたかったが、何もない。忍のほうも頑なに拒んでいる。

マネージャーは抜かりがない。切れ者だ。二、三日もすれば、すべてを知るだろう。いや、もう、あらいざらい知っていて、自分にあえてたずねたのかもしれない。いずれにしても、すぐにジャンパーの男は、駐車場で忍と会うことはしなくなる。それは確かだ。

しかし、と幸郎は思った。忍がとっくに、抜きさしならなくなっているのなら、手に入れるのは簡単だ。密売所はどこにでもあるし、個人でさばいている所もある。

それにしても、三階のジャンパーの男もつまらないことをしたものだ。


幸郎は立ちあがった。それじゃ、行ってくる、と彼は、まだすねたようにしている忍を見降した。やはりどこから見ても、十九歳だ。

「すまなかったな。いろいろ、しつこくきいて」

まだ沈黙している。仕方がない、幸郎はボストンバッグを持ち、外に出ようとした。その時、マネージャーが大入り袋だ、といってわざわざ渡してくれた一万円札を忘れたのに気づいた。さっき店の制服のポケットに入れたまま脱いでしまった。ファンシーケースに戻り、胸ポケットから札を出した。財布にしまう。その中の金の大半は、女房に渡すのだ。

「サチさん」とだしぬけに忍がいった。

「どうした」幸郎は少年にむかって笑顔を作った。

「いや、なんでもないんだ」

「途中でやめるなよ」

「明後日、本当に帰ってくるよね」

「今までだってそうだったろう」

「怒っていないよね」

「馬鹿いうなって」

「全部、知っていたんだろ」

「ああ。いや、全部じゃない。でも半年ひとつ部屋にいれば、だいたいのことはな」

自分が八年間どこにいたか、忍は知っていたか、ときそうになった。

「人のせいにはしたくないんだ、サチさん」

「それなら、やめれるさ。何をやっているのか見当つかないがな」

終りは冗談にして喋った。忍がしきりに頷いた。

「行って来る」

「ああ、行ってらっしゃい。ゆっくり休んできて」

ありがとうな、といって幸郎は部屋を出た。自分が帰るまで、店はやめるなよ、といおうかと思って、やめにした。廊下は人がいない。どこかの部屋で、マージャンの音がする。忍は二日間、ひとりで眠るのだ。彼は廊下の突き当りまで歩いて、裏口へ行く階段を降りた。靴箱があり、そこで長靴にはきかえた。すると、どこから見ても、土方か、出稼ぎに行くような男の姿になった。

彼は、鉄のドアをあけて、夜の雪道に出た。店の角で二、三人の男が立ち話をしていた。例のジャンパーをはおった男もいた。そのかたわらを通った。三階の連中とは滅多に口を利かない。世界が違うのだ。

「おっさん、こんな時間にどうした。店、やめるのか」

ジャンパーの隣りの、体格のいい二十代の男が声をかけてきた。休みをもらって、家へ帰るのだ、と幸郎は答えた。

「単身赴任ってやつか」

若いのはいい、その冗談が気に入って、ひとりで大声で笑う。幸郎はジャンパーの男をちらっと見たが、相手はどんな表情も見せなかった。

兄貴、単身赴任だってよ、と今の男がジャンパーにいう。気をつけて行けよ、とジャンパーが、これから幸郎がどこに帰るかも知らずに声をかけてきた。ああ、ああ、と幸郎は頷いた。

路面電車はすでに走っていない。表通りの店はすべてシャッターが降りていた。アーケードになっており、そこは雪がない。

酔っ払いが何人かすれ違った。彼らは肩を組み、歌を唄っていたり、ガードレールに身を乗りだして、吐こうとしたりしていた。腕を組み、男の胸に顔を埋めている女もいた。どんなことでも愉しみ、それが許される夜だった。この俺も、と幸郎は思った。心は海炭市には、すでになかった。店にもなかった。あの八年間にもなかった。そしてすでに、幸郎は幸郎ですらなかった。自分がかつて、首都の郊外の飯場で、ある男の頭を、鉈で、一撃のもとにかち割ったことなどずっと忘れてきた。おびただしい血しぶき。ずっしりした、手ごたえ。とても簡単だった。あんなに、あっけないとは思わなかった。ただの酒の上での口論がひくにひけなくなったのだ。それだけだ。血しぶきをあげたのは幸郎のほうだったかもしれないのだ。息子が六歳の時だった。遠い昔だ。

交差点で信号が赤になり、タクシーや乗用車がいっせいに眼の前を走り抜けた。夏場は暴走族がそれにとって替る。そして、その中に、忍がおり、自分がいる。けれど、彼はそう考えたわけではない。桟橋へ行ったら、乗船名簿に本名を書く。大下唯志、男、四十二歳。その時彼は自分になる。そのことを考えた。連絡船に乗ると、彼は海炭市の人間ではなくなるのだ。あの切れ者のマネージャーも、このことだけは知らない。

信号が青になり、笑いさざめく酔っ払いたちと一緒に、広い通りを渡る。デパートと銀行の前を過ぎる。桟橋の建物が見えて来た。もうすぐだ。もうじき、自分は本当の自分に戻る。そして、明後日には、また幸郎になって、この街へ戻って来るのだ。

忍は例のものを自分でやめることができるだろうか。それはあいつ次第だ。やめられなければ、行くところまで行き着くしかない。忍は海峡の向うのパチンコ屋で働いてみたい、とほんのたわむれのようにいった。あいつは、向うの街へ行ったら違う人間になるだろうか。

何ひとつわかるものはない。あの時も、何故口論になったのか、いまだにわからない。もしかしたら、自分が本当は何者かもわからないのかもしれない。

けれども、やはり彼はそんなことを考えて歩いていたわけではない。息子と女房に会いたいと思い、夜の中、そしてもうひとつ彼の内にある、自分すら気づいていない夜の中を、二重に歩いていた。それだけだった。

7　週末

車体にコカコーラのコマーシャルを描いた路面電車は、繁華街のメインストリートにさしかかった。正午の陽射しは明るい。コマーシャルもそのせいで一段と映える。三月は終ろうとしている。すくなくとも昼のうちはそうだ。二ヶ月前には、ラッセル車の出動が必要だったことなど嘘のようだ。停留所には女と老人が六人、おとなしく顔だけこちらに向け列を作っている。老人たちは、まだオーバーやアノラックを着込み、長靴をはいている者さえいる。女たちは冬の装いをといて、軽装だ。薄い萌黄色の春のコートをふわりとはおった、髪の長い若い娘もいる。乗客は二十人ほどだが、ここで大半が降りるだろう。

達一郎はゆっくりブレーキをかけ、十センチの狂いもなく、停留所にぴったりと電車をとめる。エアドアをあける。乗客たちが次々と前のドアから降りる。無料パスを持った老人夫婦、小学生の三人の子供たちを連れたしゃきしゃきした母親。春休みだ。

子供たちは、アニメ映画がいいか、古い童話の映画にするか、いい争っている。母親がせきたてる。料金箱に次々投げ込まれる小銭や回数券。乗り替え券をくれという者はいない。皆、繁華街に用のある人ばかりだ。

運転席の窓から見える三百八十九メートルの馴じみ深い山は、まだ幾らか雪が残っていた。しかし、葉を落した茶色の木々は丸裸で、木と残り雪がまだら模様を作っている。それもあと二週間もすれば消えてしまい、すぐ緑で覆われるだろう。身体が軽い。冬の制服になっている厚地の黒のオーバーは昨日から着ていない。あれはボタボタして古めかしく、同僚にも評判が悪い。彼もそう思う。

正面の信号は赤だ。百五十三センチの小柄な彼のいる運転席の前を歩行者が何人も通る。高校の制服を着た少年たちが、大声でふざけ散らす。身体をぶつけあい、ただ笑う。なかのひとりが、運転席の前に来て、ぴょんと跳躍してみせる。髪が揺れ、達一郎と顔が合うと、歯を見せて笑いかける。思わず彼も微笑んでしまう。続いて別の顔が飛び跳ねる。達一郎は、右手を振って、行け、と動作で示す。彼らはころころとまた全身で笑って、横断歩道を渡った。

ここで路線はふたつにわかれる。ひとつは山に向って直線で伸びた南側の路線であり、もう一方は右に曲ってメインストリートに入るコースだ。今日の運行表は、右折することになっている。メインストリートを抜け、駅前に出る。そこでまた路線は左右に別れるが、彼は左折し、街の西南に向い、山裾の、どの都市にもありそうな銀座と呼ばれる古い商店街に出る。そこから、海と山の間をぬって、街一番の造船所のある入船町の終点まで行く。いずれにしても、山に向うのには変りはない。終点で五分間休憩し、ふたたび同じ線路の上を戻り、一度、競馬場の先にある駒形の車庫に帰る。他の同僚と交替し、一時間ほど休んだら、新しい運行表を受け取る。

信号が青に変った。歩行者が残っていないのを確かめ、右に大きくハンドルを切って、メインストリートに入った。週末だ。休みや半日出勤の帰りの人々で繁華街は、平日の倍、にぎわっている。彼らは間近な春の前で、どう時間を過ごすか、解放感であふれた足取りに見える。さっきの高校生もそうだった。しかし、今日の達一郎は用心深い。一九五五年の六月にはじめて運転台に助手として立ってから、彼は電車の窓をとおして街を眺めてきた。非番の日を除けば、正月でもそうだった。そしていまだに、一度も、車との接触事故も人身事故もおこしたことがない。十年に一度ずつ、優良運転手として表彰された。都合三度になる。

カーブした瞬間、車体がみしみし軋んだ。本屋から出て来た青年が、一瞬、電車の上を見上げた。スパークしたのが達一郎にはそれでわかる。夕方なら、スパークは虹色に光を放って、もっと人眼を惹きつけるだろう。カーブの時は、きまってスパークする。メインストリートは直線で、駅が正面に見える。車の数がめっきり増えた。気持をひきしめよう。背筋を伸ばす。乗用車、バス、トラック、ライトバン。バス以外はコカコーラのマーク入りの電車を次々追い抜いていく。線路ぎりぎりに走る車もある。車体が低い。じき暴走族の季節になる。彼はさらに背筋を伸ばす。今日だけは、アナウンスする停留所の名前ひとつ、間違えたくはない。大事な日だ。彼はあと五ヶ月で五十三歳になる。二年過ぎたら停年だ。けれども、その五ヶ月よりも、残りの二年よりも、今日の日は彼にとって大切な一日なのだ。

繁華街は四つの町名から出来ている。左側から源兵衛《げんべい》町、グリーンプラザを挟んでその先が原市場町。右は河南《かわなみ》町、古新開町と続く。街の人間は、しかし、わざわざ町名で区別して呼んだりはしない。ひとまとめにして大門と呼ぶのが普通だ。達一郎の生れる前、今、さしかかった源兵衛町一帯が遊郭だった名残りだ。山裾のさびれた商店街を、銀座と呼ぶように、昔からの慣わしで、人々はここを大門といっている。

左手の源兵衛町の角に出来たテナントのビル。一階は楽器も置いているレコード・ショップだ。いつさしかかっても、広く明るい店内には若い連中があふれている。磨きたてられたウィンドウには、サキソフォンやトランペットやドラムが飾られている。非番の時、大門に出ることもあるが、彼はあの店に入ったことがない。場違いな気もするし、関心もない。いったい、この街で、どんな若者があんな楽器をほしがるのだろう。小さな、薄い紙袋を胸に抱えた女が、男と話しながら店を出てくる。レコードだろうか。ふたりとも若い。女はスーツ姿で落着いた恰好をしている。街に私立と国立の大学が二校あるが、学生ではなさそうだ。男は学生に見える。エルボーパッチのついた上着とジーンズだ。男のほうが熱心に喋る。

すぐ視界から消えるふたりを見て、彼は夏の十日間、ぶっとおしで続けられる開港を祝う祭を思いだした。祭のパレードには市内の全部の中学と高校のブラスバンドが、メインストリートをねり歩く。そうだ、あそこに飾られていた楽器は、彼らのような若者に必要なのかもしれない。土地の若い者がやるライブのジャズ喫茶も一軒あるのだが、達一郎はそんな店は知らない。むしろ知らないものは多い。娘の敏子が大きくなってからは、非番の時も滅多に家を出なくなった。彼が詳しく知っているのは、線路の走っている街並みがおおかただ。電車の窓から見る物なら、どんな建物がなくなり、どんな新しい店ができたか、ほとんど知っている。

右手の河南町には、バス停がいくつか並び、帰りの勤め人が数人立っている。じれったい様子でもない。暖かい日だ。のんびりとバスを待っている。プレイガイドの小さな建物が、バス待ちの人々の陰になっていた。さっき電車を降りた親子連れは、あそこでチケットを買ったろうか。当日売りもするので便利だ。彼があそこを利用したのはもうかれこれ二十年にもなるだろうか。あの子供たちはアニメに決めたろうか、童話の映画にしたろうか。オーディオのディスカウント・ショップ、ゲーム・センターにビリヤード屋。ダンキン・ドーナツの店先には十代の少年や少女がたむろしている。恰好は様々だ。往来にしゃがんでいるリーゼントの少年もいる。彼らはお喋りに夢中なだけで、何のあてもなさそうだ。冬のあいだ、けっして見ることのできない光景だ。

電車の客は十人ほどになったが、次の駅前の停留所で、半数以上は降車するはずだ。その代り、乗る者も多い。しかし、その先は、乗客は減るいっぽうになる。彼はちらりと車内を映す丸いミラーを見る。前の停留所で乗った、春のコートをはおった髪の長い娘は、座席に坐って本を読んでいた。敏子より少し齢下だろう。彼は視線を前に戻す。

左手の源兵衛町には老舗の蕎麦屋や和菓子屋や薬局がある。そのどれも、この数年で店構えが新しくなった。市が近隣の町村と合併をはじめた頃からだ。街はふくらんだ。今ではこのメインストリートも、旧市街地の繁華街になりつつある。新市街地は合併した町村との境だった地域に、急速に作られつつある。土地が増え、人口が増え、車が増えた。このメインストリートにはパーキングビルが何軒かあるきりで、今では不便になりつつある。来春には、首都のデパートと大手スーパーが郊外に進出する。そのために、まっさきに駐車場を確保している。そこを中心に、新しい市街地はまたたく間にできあがるはずだ。

　そして、路面電車がそこまで路線を伸ばすことはない。古くなりつつある市街地にだけ取り残されることになる。繁華街の両側は、駅に近づくにつれ、人の数が増す。彼はまた、ミラーを見上げて、髪の長い娘を見る。彼には、首都のデパートやスーパーの進出などどうでもいい。ふたつのことしか頭にない。今日は慎重でなければならないこと、そしてもうひとつは娘の敏子のことだ。

　彼は一時間ほど前、駒形車庫から、中田町、相生《あいおい》町、春日町と順に通ってきた。春日町の共済会病院にさしかかった時から、そこに入院している敏子のことが気がかりになった。彼の最良の日だ。昨夜、産れると思ったのに今日になった。そろそろ産れたかも知れない。娘は二十五で母親になり、達一郎は五十二で祖父になる。ひどく落着かない。ドックのある終点の入船町に着いたら、待ち時間を利用して病院に電話を入れよう。付きそっている家内か、看護婦に、産れたかどうかたずねる。無事産れたら、男の子でも女の子でもいい。病院前の停留所では、娘のところに寄りたかった。彼は運転席の窓ガラスを、布で拭きながら、ちょっとのあいだ病院を見ていた。古ぼけた三階建ての病院だが、あそこなら安心だ。窓ガラスを磨くと、気持が少し落着いた。

　そろそろ産れたろうかと考えると、メインストリートは建物も人々も、一層、春めいて見える。それに今日は運転席に立ちずくめでも、足も腰も棒のようになった気がしない。

河南町と源兵衛町はわずか一ブロックしかない。歩いても七、八分とかからない。銀行はすでにシャッターが降り、キャッシュ・コーナーだけがあいている。グリーンプラザにさしかかると、信号が赤になった。電車を停めた。八月の祭は、ここが一番、人でごったがえす。グリーンプラザは雪も溶けた。色とりどりのベンチや擂鉢形のスロープや砂場。四、五歳の幼児が何人も遊び回っている。薄手の赤いジャンパーやカーディガン姿の若い母親たち。父親も何人かいる。芝はまだ枯れているし、街路樹も葉をつけてはいない。のどかな光景だ。屋台で競馬の予想紙を売る老婆たちが、彼らを眺めている。競馬場は人であふれているだろう。日曜日はもっとだ。スーツにネクタイの男が予想紙を買っている。どう過ごしても、とやかくいわれることのない土曜の午後だ。スーツの男は無造作に予想紙をポケットに突っ込むと、電車道に出て、タクシーをとめる。公園の母親や父親たちも、そんな男を見ていない。すぐに敏子も、あの母親たちとそっくりになるだろう。街路樹が葉をつける頃には、幼児も親たちも、もっとふえる。

そして、祭だ。今年は港が開かれて百三十一年目にあたる。百年祭の時には二週間もぶっとおしで続けられた。香具師《やし》たちの稼ぎ時だ。その出店は、このグリーンプラザの両脇に沿って何十と出る。非番にあたった日には彼も、よく敏子を連れてきた。人で身動きもならなくなる。路面電車の何台かは車体の枠を外され、無数の生花と電球で飾られて、夜を色どる。新しい市街地が出来あがっても祭はここで行なわれるはずだ。彼も二年に一度は、ミス・海炭市の娘さんを乗せた、花と電球に飾られた無蓋の電車の運転をまかされる。人々の視線や喚声や、酔っぱらいのからかいの声の中で、彼は花の匂いにむせびそうになりながら、無表情に運転するのだ。祭まで四ヶ月ある。今年、彼は花で飾られた電車を、たぶん、運転することになるはずだ。敏子は今日産れる子を連れてきて、人混みの中から、父であり、祖父である彼を、その子に見せるかもしれない。

信号が青になって、車が次々と追い抜いて行く。電車の脇をすれすれに掠めて行く車もある。彼は正面の駅を見て、ゆっくりと発車する。娘が子供を産もうとしているのだ。ささいなミスも、こんな日こそ起こしてはならない。時代遅れの路面電車。車の数がどんどん増えたおかげで、今ではドライバーたちの反感をかうことさえある。確かに道は狭い。冬はことさらそうだ。しかし、道が狭くなったのは路面電車のせいではない。時代遅れであろうとなんだろうと、それはこの海炭市の市内を五十年近く、ただ毎日、走ってきたにすぎない。

グリーンプラザを過ぎ、原市場町と古新開町に入る。その時、左手に、建設中の市役所の建物が視界を掠めた。あの建設現場で敏子の夫の洋二が働いている。敏子より三歳上のトビ職の青年だ。彼もまた、子供が産れる報せを待って、鉄骨の上を渡り歩き、汗みずくになって働いているだろう。

古新開町の表通りに面した最初のデパートの前にさしかかる。古新開町にはもう一軒デパートがあり、さらに反対側の原市場町には老舗のデパートがもう一軒ある。そこは二ブロックあるが、三軒のデパートは多すぎる。最初のは老舗に太刀うちできない。バーゲンばかりやる。それでも、若い者は足を運ばない。今も土曜の午後だというのに、建物はひっそりとしている。

古新開町が表と裏のふたつの顔を持っているのは誰でも知っている。一歩裏に入れば、まず映画館通りになり、続いてパチンコ屋やスロットルの遊戯場街になり、弱小のキャバレーやテレフォンクラブやポルノショップが路地という路地にひしめきあう。そして、その行きどまりは、いまだに夜の女たちが深夜までうろつく。彼だって、今まで満更、そのあたりに出向かなかったわけではない。同僚たちと飲み歩きもしたし、夜の女に声をかけたこともある。しかし、古新開町も、電車の窓から見るかぎり、春が足元まできた陽をうけて明るい。

バス通りが一本横切っている。若い人間の数が圧倒的に多い。人混みはここがピークだ。彼らはこの先、幾つにも枝わかれした道のどこに消えるのだろう。映画館、ボウリング場、ジャズ喫茶、それから、それから、というわけだ。バス通りの角に靴みがきの初老の男が坐っている。今年、はじめて見る姿だ。冬のあいだ靴みがきの男は出ない。そこはソフトクリーム屋の角だ。店の邪魔にならないように、靴みがきの男は、上手に距離をとって坐っている。そして向きあうようにして建っている老舗のふたつのデパート。原市場町のデパートには催しもののたれ幕が下っている。アーニーズ・サーカス。いったい、何だろう。たれ幕の正面に駅前の停留所が見える。その向うは、駅とロータリーだ。そこでメインストリートはおしまいだった。もっとも車の混雑する場所を、無事、彼は運転した。停留所に彼はコカコーラのマーク入りの電車を乗り入れる。八人の乗客が降りた。彼らはすぐ人混みにまぎれる。乗ってくる客はたったの五人だ。勤め帰りの男と老人。あのふわりとコートをまとった髪の長い娘は、じっと本を読んだままだ。彼は運転席の窓から、デパートのたれ幕を見る。アーニーズ・サーカス。その横に説明がついている。共に六十歳を越えるアメリカ人、アーニー・パームスト夫妻の手による木彫のミニチュア・サーカス。夫婦は三十五年、それを続けた、と書いてある。彼が電車に乗り続けた年月より、一年多い。いい年をしてそんなものを作り続けるなんて、と彼は思う。それから考え直した。いや、いや、笑うことなどできない。それは大変なことだ。そして何より大事なことだ。そう思いなおして彼は、敏子の夫の洋二のことを考えた。

敏子が洋二と結婚したいといいだした時、家内は反対した。理由は簡単だ。洋二があの元スラムの小砂丘の出身だからだ。五年前まで小砂丘はバラックの群れだった。あの辺の人間には、ろくなものがいない、というのがこの街の人々の根強い考え方だ。彼もそう思ってきた。洋二は中学しか出ていない。敏子は女子だけの商業高校を卒業している。洋二の父も、廃品回収業で、達一郎と同じほどの年月をリヤカーを引いて街中歩いた。彼が若かった頃には、河南町のむこう、押切川から先には何十人と浮浪者がいたものだ。彼らは浜近くの広場にごろごろいた。冬に、木切れや、炭鉱のあたりで拾い集めた石炭くずを燃して暖を取るのを、彼も見て来た。そのストーブはルンペンストーブと呼ばれていたのを思いだす。今ではその言葉を使う者はいない。ルンペンストーブもなくなり、浮浪者も姿を消した。彼らが、冬、木のゴミ箱の中で新聞紙にくるまって凍死したというニュースが、時々出たのはもう何年も前だ。そして五年前、市役所は小砂丘をコンクリートで埋めたのだ。大手の牛乳会社や海産物問屋の倉庫が誘致され、団地が建った。洋二も父と団地住いをしていた。

あそこは、どんなにきれいにとりつくろっても、街のゴミみたいな場所ですからね、と家内はいった。隣りの七間町ならまだしも、東金町だなんて知ったら、皆んなどんな顔をするか、想像がつきますよ。そんな所へ敏子を。とんでもない話ですよ。

確かに、あそこはスラムだ。今でも陰口を叩かれる。古新開町のもっとも奥のストリップ劇場の裏手にいる、夜の商売女たちとともに、海炭市で一番、蔑まれてきた。電車の路線を見ればわかる。あの東金町は路面電車とは無縁だった。もうひとつ無縁な場所は炭鉱だった。けれどもあそこはかつてこの街を支えたこともある。元小砂丘の東金町はそんなこともなかった。

あれは一年前だ、敏子は絶対結婚するといいはった。洋二さんと結婚して、東金町の団地に義父と一緒に住むと。しかも洋二の父は、今では寝たり起きたりの老人だった。家内はいった。

ひとり娘に、みすみす苦労をさせるのですか。

達一郎はあの時、一日考えた。自分は五十二まで路面電車の運転をしてきた。日々にささいな亀裂があっても、つつがなく年齢を重ねてきた。そうしてたぶん自分は、時代遅れの人間だし、融通も利かず保守的だ。彼は一日考え抜いた。翌日、敏子に、好きにしていい、と答えた。家内はびっくりした顔をした。反対するのは彼のはずだ、と思っている顔だった。

トビ職ですよ。

それのどこが悪いんだ。

家内との会話はそれでおしまいだった。

敏子の夫は働き者だ。二日前にも病院で会った。夕方で、建設現場から直接来た。達一郎も早番で、駒形の車庫から、同僚の電車に乗ってきたのだ。無駄な口を利かない青年だ。背が高く、ごつごつした体格の男で、良く仕事の出来る青年だと、その無駄のない仕種や無口さですぐわかる。すくなくとも彼には見抜ける。家内も今では何ひとつ不満を持ってはいない。

駅から人がはきだされ、彼らは繁華街にむかって歩いてくる。彼はハンドルを左に切る。この先は運転は楽だ。ロータリーの向うには埋立地の朝の市場がある。原市場町の町名の由来だ。カーブする時、窓ガラスが光った。車体が軋み、スパークしたのがわかった。アーニーズ・サーカスの催しもののたれ幕が風で揺れる。人混みはまだ続く。何かの宣伝のティッシュペーパーを配るミニスカート姿の女の子が二、三人いた。

これからは旅行会社、生命保険会社、商工会議所と、古くからの建物が続き、人通りもなくなり、街はどんどんさみしくなる。停留所では人は降りるいっぽうになる。終点では彼ひとり、ということもたびたびある。

御幸町、宝来町、銀座。そこからはもう、完全に山の麓だ。そして左手にたくさんの坂道を見、右手に海を眺め、税関前、入船町、といく。御幸町を過ぎると、生命保険会社が、何社も固まっている。通行人はふたりしかいない。土曜の午後、生命保険会社はすでにシャッターが降りている。彼はのんびりとした気持になる。車の数はめっきり減った。産業道路のほうが、今では車は混雑しているのだ。宝来町を過ぎると、乗客は三人になった。あの読書に夢中の娘はまだ乗っている。どこまで行くのだろう。

敏子が結婚の話を持ちだした時、洋二と一度会った。彼は自分の父の話を、何のこだわりもなく話した。

親父は海炭市の旧い市街地なら、どんな道でも知っています。俺はビルの鉄骨の上から街を眺めていますよ。

その言葉の中に、結婚に反対しても無駄だ、という強い意志を、達一郎は敏感に察した。洋二の父はリヤカーを引き、街中の道を歩いたのだ。それがわかれば、充分だ。馴じみ深い、古い街並みが続く。商工会議所、郵便局。人の少ない分、道は陽が互いに反射しあうように、まぶしくみえる。車体はひっきりなしに左右に揺れて、山裾に向って進む。

結婚話の時、彼は一日ですべてのことを考えぬいて、結論を出したが、何故賛成したか薄々だが彼にはわかるのだ。われわれの誰が、それを彼以上に理解することができるだろうか。彼が、正しく保守的な人間だったからこそだということを。もし彼が幾らかでも進歩的な人間だとすれば、彼に一片でも中産階級だという意識があれば、今日のこの日はなかっただろう。そのことを本当に理解することが、どうしたらできるだろうか。彼はこの街のどんな革新政党よりも先を歩んでいる。彼は三十四年間電車に乗り続け、十年ごとに表彰され、実はこの海炭市の新しい歴史を歩いているひとりなのだ。

コカコーラのマークを輝やかせながら、電車はさびれた商店街のある銀座の停留所に近づく。そうだった。ここには四十年近く住みついたロシア人のハム作りの職人がいるはずだった。彼のハムは二ヶ月も、三ヶ月も前から予約しなければ手に入らない。もしかしたら、髪の長い娘はハムを買いに行くのかもしれない。そう想像してみる。終点に行ったら、病院に電話を入れる。無事、産れていることを祈る。産れていたら、半日、休みを貰ってもいい。いや、貰おう。自分の新しい一日なのだ。家内にとっても敏子にとっても、洋二にとっても、彼の老父にとっても。

列島中にあるひとつの街の中で、彼は一九五五年から電車に乗り続けてきた。今日の彼は、そのどの日よりも、あの夏祭りに花に埋ったミス・海炭市の娘さんを乗せる時よりも、数倍も注意をおこたらない。銀座の交差点が見え、何人か停留所で待っている。髪の長い娘は、本を閉じ、セカンドバッグから小銭を出している。ここで降りるのだ。停留所がどんどん近づく。山が間近い。

8　裸足

最初から客は博ひとりだった。すでに深夜で、とっくに酒にも、ボックス席の女たちのお喋りや馬鹿笑いにも、あきあきしていた。第一、酒を飲みにわざわざこんなボトルさえ置いていない店に来たわけではない。それに彼ぐらいの年齢なら、この海炭市にも、もっと愉快に遊べる場所は幾らもあるし、女の子にも不自由はしない。現に明日、首都に戻れば亘江《ひさえ》が待っている。彼女とは十二月に歳暮の配送場のバイトで知りあった。二歳齢下だ。彼女のアパートに何度か泊って、そのうち博以外にも何人かボーイフレンドがいるのを知った。一度、堕胎したこともだ。嫉妬心も起きなかった。もともと、長くつきあうつもりも、結婚するつもりもなかった。電話をして、彼女の身体と時間があいていれば、その夜のセックスはオーケーだ。彼女とここにいる女たちとどこが違うかといえば、金は必要がない、というだけにすぎない。

隣りにいるとてつもなく肥満した女は、さっき、路地裏のいかがわしい旅館の前で、博が八千円しか持っていないと知ると、顔の前でてのひらを振ったものだ。あんた、若いくせに人をからかっちゃ駄目じゃない、といい、そのあと路地を走って、この店の前で腕組みをしていた別の女に何かささやいた。その女は四日前に思いがけず降った雪の残る路地で、博たちが旅館に入るのを見張っていたのだ。たぶん四十過ぎだろう。

彼女たちが話し終えるまで、博は路地に突ったっていた。考えるとおかしい。さっさと歩き去ってしまえばそれですんだのに。

ふたこと、みこと、ふたりの女は言葉を交し、腕組みしたほうが博を品定めするように振返った。あと五日で四月だ。寺にあずけていた祖母の遺骨を、街のちょうど真東にあたる墓地公園に納骨した日に、雪が降った。火曜だった。水気の多い、ぼたぼたした雪だった。すぐに雪は溶けてしまった。それでも思いがけず冬が戻った気がした。こんなことは海炭市でも珍らしい。腕組みをした女が頷くと、太ったほうが夜の路地を走って戻ってきた。博は息を切らせている女にいった。

足りると思ったのにな。出直すよ。

そんなことといわないで、愉しくお酒を飲まない。

うん、そうだな、わかった。

そうしよう、せっかく来たんだし。

博はほとんどどうでもいい気持になってしまった。彼女はせいいっぱい愛想笑いをして、さっさと腕を絡ませ、ぱっとやろう、と大声でいった。

八千円で何をぱっとやるのかは知らない。彼女たちの魂胆は見えすいている。金を楽にまきあげるつもりだ。それならそれでもいい。もともとこの界隈でともかくもスナックを構えている所の女に声をかけたのが、間違いだった。路地のもっと暗い場所をゆっくり歩いている女や、ストリップ劇場の裏の屋台にでもいる女だったら、渋々でも相手になってくれたかもしれない。もっとも博はここにははじめて来たから、それはわからなかった。すげなくされたかもしれなかった。しかし、このあたりで、ボックスがふたつと、カウンターだけのスナックにしろ、表向きは店に雇われている彼女たちは、恵まれているに違いなかった。

「あんた、幾つ」左側の太った女が身体をぴったりすり寄せてきく。博の母ほどの齢に近い。

「二十六」と博は四歳、齢を誤魔化して答える。

「嘘よ。本当は」と向い側に坐った一番若い痩せこけた女がきき直す。若いといっても、二十代ではないだろう。ひどい痩せ方だ。

「十九だよ」再びでたらめをいう。

「どっちにでも、いい齢頃よ」

右隣りにいた三人めの女が、ズボンの上から博のペニスを握る。真赤なマニキュアと鶏のような指。普通の表情でも、眉に縦皺ができる。一番、齢かさかもしれない。さっき、路地で腕組みをしていた女はカウンターの向うで煙草を吸っている。以前はどうか知らないが、彼女だけは身体を売らないのだろう。どんなふうにしてこの店を手に入れたのかはわからない。自分でも身体を売って金を貯めたか、パトロンでもいるか。どっちにしても、この世界での成功者には違いない。博自身、この辺の女は夜になると散歩のように路地を歩きまわり、男に声をかけられるのを待つのだ、と話にきいていた。彼女らは立ちどまることもせず、自分のほうから声をかけることもしない、と。それもこれも警察の眼がうるさいからだ、と。だから、こんな店があり、そこを根城に商売をする女たちがいるとは思わなかった。しかし、こうしていればただのスナックにすぎないし、金の少ない連中には適当に酒をのませればいい。警察の眼も誤摩化すことができる。雇われている女たちにしても、夏でも冬でもほとんどひと晩中、路地を歩かなくてすむ。多少のピンハネはされてもだ。疲労も危険も少ない。八千円もあればなんとかなる、という噂だったが、そうならなかったのはピンハネ分が出ないからだろう。博はあれこれ思い巡らせた。

もう十二時を回っている。カウンターの女は、こっちをちらちら見て、博のボックスにいる三人の女たちに、いいかげんで帰してしまいなさいよ、といった眼つきをする。博は声に力を込めていった。

「このあたりは変らないな。高校生の時も、中学生の時も同じだ」

「その頃来れば学割にしてあげたのに」と頬がこけるほど痩せた女がいう。

「中学の頃からこの辺をうろついていたの」と太った女。

「僕の婆さんが」と博はいった。一度、声を途切らせた。

「このあたりでおねえさんたちみたいな仕事をしていたんだ」

「あらあら、面白い子」

三人めの女がマニキュアを塗った爪をひらひら振っていい、カウンターの女が鋭い眼になって博を見た。なおも博はいう。

「女の人を雇っていたそうだよ」

それは嘘ではなかった。両親の苦しみや憎しみのひとつだった。父が二十六の時博は生まれた。その頃には、祖母はその商売から足を洗って、父たちと暮していた。父には他に九人の兄弟がいたが、ひとりの叔父を除いて、誰も祖母を嫌い抜いて寄りつかなかった。両親のそれらに関するひそひそ話を聞きながら博は育った。複雑すぎてほとんど理解できなかったが、商売のことはわかった。

「僕には関係がないけどね」

カウンターの女の睨むような視線がまだ注がれている。空気が軋むようだ。ダッフルコートを脱いでセーター一枚なのに、身体が熱かった。カウンターの女は吸っていた煙草を、あらあらしく灰皿に押し潰す。乾いた舌打ちでも聞こえてきそうだ。三人の女がいそがしく眼を見交し、太った女がとりなすようにわざと大声でいう。

「それじゃ、あんた。中学生の頃にはもうちゃんとすませてしまったんじゃないの」

「実はね」

　博は薄い水割のグラスを口に運ぶ。何の心配もない。ポケットの中身は女たちは承知の上だ。中身以上に飲ます気づかいはない。一番若い痩せた女が馬鹿笑いをする。化粧でかくしているが眼の下に隈があった。

「まさかそのお婆さんにじゃないでしょうね」

「そうだったかな。忘れたな」

「きっと優しいお婆さんだったんでしょう」

「勿論だよ」

「でもそういうのっていいじゃない」と三人めの女がふたたび身体をすり寄せ、ペニスを握ってくる。女は身体中から男たちの精液の匂いをたちのぼらせている気がする。ペニスは萎えきっている。この店に入ってからずっとそうだ。亘江の肉体を思った。たぶん齢を重ねたら、博の母のように肥満体になるだろう。そういう予感が皮膚の下にひそんでいるのを昼のセックスのたびに感じた。今夜あたり彼女は他のボーイフレンドと一緒かもしれない。

だしぬけに、ボク、とカウンターの女が横を向いたままかすれた声で呼びかけるようにいう。ボクって誰のことだろうな、といおうとして博は無視した。顔がこわばった。女たちも口を噤んだ。

「聞こえないの、ボク」

女が博のほうに顔をむけた。

「あんたの優しいお婆さんだけど」とカウンターの女は唇の端に笑いを滲ませていった。無視し続けようとした。できなかった。

「さっき、ボクには無関係だといったよね」

頷いた。彼女の勝ちだ。

「だったら、そんな話なんかしてどうなるの」

確かにそうだ。頷くこともできない。

「あんたの話はヨタじゃなさそうだけどね。でも何をしにここに来たの」

煙草を出して彼女が一本、口にくわえる。キャメルだ。ラークやケントより似合う、と博は酔った頭でぼんやり思う。キャメルだ。それがこの女だ。しかも両切りだ。かすれた声が博の鼓膜でこだまする気がした。マッチを擦る音。彼女がすこし首をうつむかせるようにして火を点ける。

「いいのよ。いわなくて。古新開町はね、海炭市で一番最初に立ち直ったところなのよ」

彼女はひとりごとのようにいった。続けて、四十何年も前に、あんたのお婆さんやあたしのお袋なんかがさ、といった。

「わかった」と博はやっといった。

「わかったなんて簡単にいうと、なめられるわよ」

「わかった」

どっとボックスの三人の女が陽気に笑い転げた。太った女は自分の膝をしきりに叩く。胸が大きく、膝を叩きながら背をそらすと服の上からでも乳房がたれ下っているのがよくわかる。三人とも下品であけっぴろげだった。けれども、笑いには悪意も揶揄も含まれてはいない。確かに間抜けな答えだった。それなのに、そんな自分が博はむしろ心地良かった。

彼女たちはひとしきり笑った後で、先日の雪の話をはじめた。せっかく春だとおもっていたのに、だいなしだわ、外で稼ぐ人はたまらないわよ、と太った女はいう。彼女はこの店に落着く前、路地を仕事場にしていたのかもしれない。冬に逆戻りだなんてもうたくさん、と吐き捨てるように痩せた女が同調する。あたしはどっちだっていいわ、と三人めのマニキュアの女が博にもたれかかっていう。二度もペニスに触られたのに萎縮したままだなんて、と博は思いながら四日前の火曜日の墓地公園を頭に浮かべた。納骨、住職のお経、線香の匂い、そして降り続ける雪。母はそのあいだ中、涙ぐんでいた。父は長いあいだ解決のつかなかった問題の種に今やっと結着がついた、といったさばさばした落着いた表情をしていた。博はといえば、すっかり退屈してしまった。それに寒かった。こんな墓地公園はいつできたのだろう、大学に入るために四年前首都に出た時には確かなかった。その頃はまだ合併する前の違う町のはずだった。でもそんなことはどうでもいい、早く終りにしてほしい、と彼は思ったものだ。ダッフルコートの襟をたて、あくびをさとられないようにした。振返ると、去年、父が退職した炭鉱の跡が見えるはずだ。振返りたくはなかった。そこが本来、合併する以前の街外れだった。繁華街のあたりとは違う地層でできている。大学一年の時、夏休みにこの街の図書館で調べたのだ。繁華街は砂嘴《さし》だった。砂嘴から石炭が出るはずがなかった。自分の故郷は分裂している、そうでなければ混沌だ、と思った。その言葉を思いついた時、彼はうっとりしたほどだ。街の地層はせめぎあい、砂嘴の上に繁華街を作った人間と、街外れの片隅で別の地層を掘り起す人間と、ふたとおりだ。混沌。その頃、未成年だった彼には、それは魅力的な言葉だった。そして、今、彼は父と入れ替るようにして、就職がきまっていた。首都の大手の文房具メーカーだ。祖父も根っからの鉱夫だったそうだが、顔は写真でしか知らない。それも一枚きりしかない。戦死したのだそうだ。骨はない。祖父も父も地下の人間なら、自分は地上の人間になったのだ、と博は思った。

納骨が終った時、父は長方形の薄っぺらい板のような墓石を指さし、ここにはおまえも入るのだ、といった。そんな話はやめてもらいたかった。人生の出発点にいるのだ。海炭市に戻るのは、今年から年に一度になるだろう。そして何年かたち、彼が自分の家庭を持つ頃には、数年間隔になるかもしれない。完全に縁の切れる時がやってくる場合すらある。その時、博はきめたのだ。祖父の戦死のあと、祖母が働き場所にしていた、あの夜の女たちのいる場所、砂嘴の真っただ中にある場所へ一度、行っておこうと。そこがどんな場所か自分の眼で確かめておこうと。

背広にネクタイの大柄な男が入ってきた。最初、客だと思った。市役所か電力会社にでも勤めている印象だった。けれども男は博たちのボックスを一瞥しただけで、そのままカウンターの中へ入ってしまった。キャメルを吸っているカウンターの女と小声で話し、それから坐って帳簿のようなものを繰りはじめた。キャメルの女が黙って水割を作ってさしだす。

他の女たちは雪の降った日の話もやめ、噂話や猥談に、花をさかせはじめた。まぎれもなく、彼女たちは祖母に違いなかった。背広の男とキャメルの女が、カウンターの中でひとことふたこと短い会話を交す。声は聞こえない。そろそろひけ時だ。これ以上ここにいても仕方がない。

男が帳簿を見終った。彼は今夜も商売が上々だった様子で、グラスをゆっくり傾け、くつろいで、キャメルを吸っている女とぼそぼそ話している。やはり、どこから見ても、市役所か電力会社のサラリーマン風だった。崩れた所がどこにもなかった。たぶん、それがここで生き抜く術なのかもしれない。いや、そうではなく、単に彼の好みの問題なのかもしれない。

どっちにしても、客は今夜は博で最後だろう。最後だとしたら、上客とはいえない。

カウンターの中で背広の男と話し込んでいた女が、顔をこっちへ向け、そろそろ店じまいよ、といった。

「また、必ず来てね」と太った女がいう。

「そうする」

こんなことはもうない、と考えながら、博は答えた。立ちあがりかけた時だった。ごわごわのアノラックを着た背の高い男が、のっそり入って来た。三十歳ほどの男だ。ひとめで、したたか酔っているのがわかる。足元もおぼつかない。カウンターの女が顔をしかめる。背広の男は俺の出る幕ではない、といったふうに、ウィスキーをちびちびやっている。

「酒をくれ」とアノラックの男が大声をだした。博のボックスに眼をくれ、三人の女を値踏みでもするように見た。

「もう店じまいよ」とカウンターの女があっさり突っぱねた。

他の女たちはその男を見ようともしない。まかせておけばいい、といったふうだった。本来、酒だけを飲ませる店ではない。何故突っぱねるのだろう。深夜をとっくに過ぎたこの時間では警察の眼がうるさいのかもしれない。女の気に障っただけなのかもしれない。

アノラックの男が博たちのボックスを顎でしゃくった。

「客がいるじゃないか」

「もう帰るところよ。そうでしょう」とカウンターの女がこっちに顔を向ける。

博は彼女にもアノラックの男にも、大きく頷いてみせた。

「金なら、ある」とアノラックが大声で喚くようにいう。

「ちょっとあんた、耳があるの。駄目なものは駄目なのよ」

「信用しないのか、金はあるんだ」

「それがどうしたっていうの。さっさと帰りな」

するとアノラックの男は、カウンターまで詰め寄って、早口で何かまくしたてた。

浜言葉だった。早口になってはじめてわかった。漁師か大工かと思っていたが、浜言葉でアノラックの男の素性がはっきりした。店の者全員もわかったようだ。背広の男は頰をたるませ、にやにやしながらあくまでも傍観していた。カウンターの女は鼻先で、ふん、とあしらった。いかにも憎々し気な感情を剝きだし、他にまだ何かいうことでもあるの、といったふうに顎を突きだした。その途端、アノラックの男が彼女の肩を突いた。彼女が金切り声をあげてつかみかかった。

「馬鹿にするな」アノラックが叫ぶ。

「馬鹿にしているのはあんただよ。何が金よ」

今まで成り行きを見守っていた背広が腰を浮かせた。ボックスの女たちもだ。博は正直、啞然とした。あまりにも突然だった。女がアノラックの男の胸を両手で押した。

アノラックが払いのける。

「金があったらどうとでもなると思ったら大間違いだよ」

「どうせ身体を売っているくせに」

「何だと」背広が怒鳴った。

アノラックの男はひるまなかった。

「誰だって知っている」

「そうかい。あいにく、俺は知らない」

背広は声を低めた。それから女を押しのけてカウンターの外に出て来た。

「店から出ろ」

「なんでだ」

「いいから来い」

背広の男の身体中から、怒気がみなぎっていた。殺気に近い。三人の女は坐り直し、ああ、馬鹿馬鹿しい、と口々にいった。博は急に酔いが醒めた気がした。背広の男が、アノラックの両肩を摑んで押した。アノラックが身体を振って、とき放そうとしたが無駄だった。そのままぐいぐい押されてドアまで後ずさった。ドアの所で、振りほどこうとしてもう一度あばれたが、そのまま押され続け、ふたりは路地に出てしまった。

店は静まってしまった。カウンターの女は何事もなかったような表情だ。またキャメルを一本出して吸う。博も吸いたくなった。店の外に耳をそばだてている自分に気づく。煙草を出した。一本吸ってから帰る、と誰にともなくいった。太った女が、それがいいわ、というふうに頷き、ライターをすってくれた。ふたりの男は路地でどうしているのだろう。いくら耳をそばだてても怒鳴りあう声も殴りあう音もしない。だが、何分もたたないうちに背広の男がひとりだけ店に戻ってきた。殴り倒されたアノラックの男の姿が浮んだが、背広の男は服装も髪も乱れていない。争ったとは思えなかった。穏やかに話をつけたのかもしれない。背広の男は声も弾ませずにいった。

「また、雪が降ってきた」

本当、と痩せた女がいい、うんざりだ、といった顔をした。たいした雪じゃない、ぱらぱらとだ、と背広がいった。雪？　と博はいった。いい潮時だ。

「それじゃ、帰ろう」と博は立ちあがり、ダッフルコートを着こんだ。真夜中の雪の中を、両親が借りているアパートまで二十分も歩いて帰ることを考えた。父は今では地方新聞の支局の夜警をしていた。酒も飲まない男だ。背広の男は雪はたいした降りではない、といったが、本降りにでもなったら、たまらない。店はもうアノラックの男のことなどなにもなかったかのようだ。背広はまたカウンターに入ってくつろいでいるし、誰もアノラックの男のことなど口にしない。この辺では毎夜のようにあることなのかもしれなかった。それがこの界隈の日常なのかもしれない。勘定を頼んだ。

「ボク、家はどこ？」とカウンターの女がきいた。

背広が顔をあげ、カウンター越しに博を見て、おい何のことだ、というふうに微笑んだ。今さっきの男とは思えない。昭和町、と博は答えた。

「釈迦町の向うね。それならタクシーの基本料金で帰れるわね。七千円でいいわよ。気をつけて帰りなさい」

「ああ、それがいい」と背広がいった。

とんだお情けだ。それでも黙って彼は七千円を痩せた女に渡した。

「優しいおばあさんが待っているわよ」と彼女は受け取るといった。昔の同業者だものね、とカウンターの女も歯を見せて笑った。背広が、怪訝な表情をした。アノラックの男の一件がむしろ店の空気をなごめていることに気づいた。

博がドアへ向いかけた時、上半身裸になった男が勢いよく入って来た。出口をふさがれた具合いになった。雪のかすかな匂いがした。その半裸の男がさっきのアノラックの男だとわかった時、まず博はあっけにとられた。店の者もあっけにとられていた。なんのために、裸で戻って来たのか。どんなかたちにしろ話はついたのではないのか。半裸になった男は博の存在にも気づかないようだった。彼は本気を出したのだ。本腰を入れて喧嘩をするつもりでアノラックを脱いだのだ。おまけにその下に着ているものまで。笑うこともできなかった。店の空気がさっきより張りつめた。

「よほどの馬鹿だよ。裸でのこのこ……」カウンターの女がせせら笑った。

「出ろ」と男は構わず背広にいった。

博はあいだに挟まれたままだった。博越しに半裸になった男が続けた。

「やってやる、来い」

「黙って帰ったと思ったのに」と背広はつぶやいた。やれやれ、といった顔だ。そして、こうなれば仕方がない、というふうに立ち上ってカウンターから出て来ようとした。

とっさに博は男の裸の胸に両手をあてて押した。どうしてそんなことをしたのかわからなかった。気づいたら、そうしていた。帰ろう、タクシーで送る、と博はいっていた。男がはじめて眼の前の博に気づいたように、彼を見た。男の胸はきたえた筋肉で張りつめられている。男が博をじっと見続ける。拍子抜けしたようだった。不意に男の身体から、たちのぼっていた怒りが萎えるのが、てのひらに伝わってきた。背広も女たちも沈黙している。

「送るよ。帰ろう」

何秒か口を噤んで、博と男はむきあっていた。それから男が、うん、うん、というように、やけに素直に頷いた。今度、拍子抜けしたのは博のほうだった。もしかしたら、博にむかってあばれるかもしれないと思っていたのだ。

そのままふたりはそろって外へ出た。店の者たちは声もかけてこない。博も振返りはしなかった。もうこの店にも、この界隈にも足を運ぶことはない。深夜の空は何だか青味がかって見える。すでに新しい一日がはじまって、一時間が過ぎようとしていた。博は今日の夕方、飛行機で首都に帰る。文房具メーカーの就職先と亘江が待っている。

雪は小降りだ。四日前のような降りにはならないだろう。男は黙ったままだ。アノラックはどこへ脱いだのか、と博はきいた。そこだ、と男はシャッターの降りた薄汚れたポルノショップの前を指さした。セーター、下着、アノラックが散乱している。あの背広とどんなやりとりがあったか知らないが、自分でも始末に負えないほど狂暴な気持になって、上半身、何もかも脱ぎ捨てる男を想像してみる。

「向うの通りで待っているよ」と博はストリップ劇場のある方の広い通りを指さした。

その時、脱ぎ捨てたアノラックの傍らに長靴が横倒しになっているのに気づいた。まじまじと足元を見ると、男は裸足だった。あの時は夢中でそこまでは見なかった。笑いが込みあげてきた。長靴まで脱ぐなんて、と思うと何もかもが愉快だった。本当に博は声に出してくつくつ笑ってしまった。何がおかしい？　と脱ぎ捨てた服の方へ歩きながら男が振返った。

「何でもないよ。ここへ来てよかったなと思ったんだ」

博は広い通りの方へ歩いた。笑いが全身に満ちる。なんてことだ。裸足になるなんて。この季節、海炭市の深夜はまだ底冷えがする。それなのに、まったく。

広い通りに出た。右へ行けば二十メートルほどでストリップ劇場だ。葉を落したアカシアの街路樹が、つんつん夜に突き刺さるように枝を伸ばしている。路地には四日前の雪がところどころ残っていたが、ここにはかけらもない。彼はアカシアの枝を見、男を待った。もう、あの店には戻らないはずだ。彼の怒りが消えたのを博のてのひらが、良く知っていた。

振返った。雪がさらさら降る路地を、アノラックを着込んだ男が、ポケットに両手を突っ込み、背を丸めて歩いて来るのが見えた。それにしても彼はなぜあんなにも、博の言葉で、あっさりと気持を萎えさせてしまったのだろう。

アノラックの男が、のそっと博の横に立ちどまった。何本か先の街路樹の所に、タクシーが一台止っていた。ちょうどストリップ劇場の裏手あたりだ。言葉も交さず、ふたりはそっちへ歩いた。道を歩いている商売女たちもいない。切りあげたか、泊りの客をつかまえたかだ。

歩きながら博は、どこに住んでいるのか、ときいた。網代《あじろ》町だ、と男が答えた。それなら街の北側のガス会社と岸壁や埠頭が続くあたりだ。でも、さっきの早口の浜言葉からすると、もっと奥の漁村に違いない。埠頭に、彼の働く船があるのかもしれない。

タクシーの運転手はすぐドアをあけてくれた。博が先に乗り込んだ。続いて男が乗る。まず網代の方へ、そのあと昭和町へ、と博はいった。アノラックの男は襟をたて、押し黙っている。網代のどこかな、と運転手がきく。

「第二埠頭」とぽつりと男がいった。

「船かい」と運転手。

「ああ」

やっぱりだった。運転手も頷いた。そしてあの辺は船と倉庫だけだものね、という。

タクシーは駅前に続く市電通りに出、右折して埠頭に向った。細かな雪はもうやみはじめていた。フロント・ガラス越しに見える夜の空はやはり青味がかって見える。電車の走っていない通りは、在るべきものがないような奇妙な感じがした。

「お客さんたち、今夜はずいぶん愉しんだんでしょう」運転手がうちとけた口調でいう。

「まあ」と博は頷く。

「今は女の数は減りましたよ。他に目新しい店がいっぱいできるから、若い女の子はそっちで働くしね。ほらあるでしょう、いろいろと」

運転手がお喋りを続ける。話好きだ。

アノラックの男が、ため込んでいたものを吐き出すように、その時口を利いた。

「俺は金をちゃんと持っていたんだ」

運転手がちらっと振返った。わかっている、と博は答えた。男が激しく首を振って、博の返辞を否定した。街はどこもかしこも眠っている。

「わかるものか」と男がいった。そしてわざわざズボンのポケットから黒い財布を取り出した。

「ほら、ちゃんとある」

財布をひらいて見せた。一万円札が束になって詰っていた。大きく博は頷いてみせた。

「俺が何か悪いことでもしたか。自分で稼いだ金だ」

博は首を軽く振る。

「あそこは、早く店じまいをしたかったんだ。きっと警察がうるさいんだよ。それだけさ」

誰が悪いものか。あんたもあの連中も祖母も両親も、この僕も。だが一度喋りだした男は黙らなかった。そんなことじゃない、と男は続けた。

「俺は二ヶ月も海の上で働いたんだ。明日からまた海で働く。わかるか。あんたは学生だろ」

「今のところはね」

「親から貰った金で遊んでいる者にはわからない」

俺は一滴も酒を飲んではいけないのか、女と寝てもいけないのか、と男が続ける。

運転手がお客さん、と男にいった。

「そろそろ第二埠頭ですよ」

男はまだ何かいいかけた。唇を動かし、財布をポケットに戻した。

「どこで降りるんですか」

次の信号でいい、と男は答えた。第二埠頭は少し先ですよ、と運転手がいう。いいんだ、と男はいった。ガス会社のタンクがあり、左手は列車の線路だ。それをたどれば、かつての炭鉱までの引き込み線に枝別れするはずだ。男が指定した信号の所は踏切りだった。

タクシーがとまると、男は何もいわず外に降りたった。海の匂いがかすかにした。ドアが閉った。男は踏切りに向って歩いて行く。金があるならタクシー代ぐらい払えばいいじゃないか、と運転手は同意を求めるようにいった。博は踏切りを渡る男の高い背を見ていた。運転手が、自分だけ働いていると思っているなんて、最低だよ、といった。昭和町でしたね、とそれからきく。ええ、と博は自分でもびっくりするような大声を出した。タクシーは市電通りで、Uターンした。

男があの店に二度目に入って来た時、上半身裸だったばかりでなく、裸足だったのを思い出し、博はまた笑いがこみあげてしまった。あの男の気持がどうだろうと、いい夜だったんだ。そう思いたかった。亘江のことは考えなかった。これから就く仕事を思う。さっきの店の背広の男のように、姿だけは博もああなるのだ。

酔いはすっかり醒めきった。あの男は第二埠頭に向って歩いている。彼は自分の船に向っている。でも、今は長靴をはいている。

9　ここにある半島

春の朝の陽射しが、その丘の隅々にまで行き渡っていた。そこは海炭市の最東端だ。丘といっても、元々標高千百メートルの山のずっと麓にある、いわば瘤のような場所だった。そこからは市の街並みが一望のもとに見渡すことができる。

ちょうど正面には、夏、夜景を見るために無数の旅行客が訪れる三百八十九メートルの山が海峡に突き出ており、両側を海に挟まれた市街地が扇のように末広がりになっている。地図で見ればそれは小指ほどの半島だ。そして、ここに立てば、市を全く反対側から見ることができるというわけだった。

しかし、この場所には観光客はただのひとりも訪れることがない。ロープウェイもなければラウンジもなく、賑わうのは年に二回だけだった。それとても陽気さとはほど遠い。その時期をのぞけば、ただただ穏やかで退屈そのものだった。丘をさらにくだれば、売り出し中の狭い別荘地があるが、その大半は空屋になっている。売れ残るかもしれない。買い手のおおかたは首都に住む物好きな人々だ。美しい風景や澄んだ空気に、わざわざ街の人間があこがれるはずがない。

ザ・ラザラス・ハートが終った。スティングのボーカルはいい。とくに、ブルースっぽいものは好きだ。ウォークマンのイヤホンから、次のトンネル・オブ・ラブの曲が続いて流れる。丘の頂きの管理事務所に九時に出勤してから、スティングと、ハード・ロックのエアロスミスばかりとっかえひっかえ聴いている。スティングのテープが終ったら、エアロスミスに替える。音楽でも聴いていなければ、たまったものじゃないわ、と悦子は思う。先月の給料で二万八千はたいてウォークマンを買った。それまではソーラ式のポケット・トランジスターラジオで我慢していた。高い買物ではなかった。退屈するよりずっとましだ。

管理事務所の、広い、充分に陽の当る窓から、清潔な墓地と小半島の街を眺め、銀行に振り込まれた月々の管理費の領収書を封筒に詰める。昼まで、のんびりそれを続ければいい。他人に、仕事は何かときかれた時は、一日、墓地を眺めて過ごすことよ、と答える。たいていの人は最初、きょとんとし、次には笑いだす。

なだらかな丘の斜面には放射状にアスファルトの道が幾本もついている。三十メートル間隔で、それと交差する道がぐるりと輪を描いている。墓はすべて長方形を横に寝かせた形で、サイズはどれも同じだ。特別製はひとつもない。違うのは色だけだ。

墓石は今、朝陽をうけて、それぞれの色に輝やいている。トンネル・オブ・ラブが終り、悦子はカセット・テープをエアロスミスに替える。素晴しく快適だ。墓地公園。公園とは本当に、ここに坐って反対側から街を眺めていると、いかにもふさわしい名前だ。二週間ほど前、冬がぶり返したような雪が降ったが、あれは、終りかけた季節の最後のあがきだったのだと思う。今はどこにもその名ごりはない。墓石が同じ型で、同じ間隔で並んでいるその隙間は芝生だが、まだ一面茶色だ。それが緑に萌えだすにはあと三週間はかかる。今、植木屋が、芝生に肥料を撒きに来ている。墓地公園の管理マネージャーが、あれこれ指図しているだろう。事務所では彼と悦子のふたりだけで仕事をこなしている。墓には一から三千六百まで番号がついていて、ファイルと、オフィス・コンピューター一台で、この世にはいなくなった人の名前がすべてわかる。

管理マネージャーの、お気に入りの言葉を思いだす。海炭市の人々の心にひとつの輪郭を与える場所。確かにその言葉は間違いとはいえないかもしれない。けれど、悦子より三歳だけ齢上の、妻子持ちの二十七の男から、そんなもっともらしい台詞を聞くと、馬鹿らしくなる。先週の土曜日、いつもの郊外のモーテルでそれをいわれた時には、思わず、そんなことは奥さんにでも話してよ、と彼女はいってしまった。彼は終ったあとベッドでそれを口にし、彼女は快感がまだうずいている身体をシャワーの湯に晒しながら答えたのだ。こんな場所でいうことじゃないわ、と彼女は思い、舌打ちしそうになった。

わかったようなことをいいすぎる。どうせ何かの本にでも書いてあったのだろう。彼は読書家だ。いや、そんなふうにいうより、読書家であることを見せたがるタイプだ。隣りの彼のデスクには、野球のことを書いたアメリカ人コラムニストの本が、頁をひらきっぱなしでおいてある。野球なんかには何の興味もない。その前に読んでいたのは何だったかしら。確か、スティーヴン・ディーダラスの帽子、とかいう本だった。音楽のことでも書いてあるのかと思って、気まぐれにそうたずねたら、美術の本だと答えがかえってきた。さも得意気だった。まるで自分で書いた本のように話すので、おかしかった。へえ、と素気なく答えた。すると、一日中、ウォークマンを離さずにいて、よく耳がおかしくならないね、と彼は自分のデスクに両足をのせて皮肉をいった。長い足が自慢なのだ。鼻持ちならない。それなのにあたしときたら、毎週土曜日に情事の相手をしている。愛情なんかいらない、と悦子は思う。あの時、悦子は、そっちこそよく一日中本を読んでいて、眼がどうにかならないものね、と笑ってやり返した。すると、大真面目に、ここの眺めは眼の疲労にはうってつけだよ、と彼はいった。彼女がウォークマンを離さないもので、時々、大声で話さなければならない。誰かが見たら、きっと異様な光景にうつるだろう。この静寂に満ちた場所ではなおさらだ。

人が何の本を読んでいてもいい。あたしが何の音楽を聴いていてもいいようにだ。信用金庫勤めの父は、あたしを早く結婚させたがっている。土曜日には家に帰らないあたしに、最初のうち、父も母もずいぶんと口うるさかった。いい若い娘が、というわけだ。でもこの頃は、表だっては何も詮索しなくなった。陰で気を揉んでいる。ところで、彼の奥さんはどうなのだろう。適当に奥さんにいいつくろっているのかしら。そんなことはあたしには、まったくどうでもいいことだけど。

昼すぎになったら、彼女は封筒の束を持って、自分の車を走らせ、工業団地の郵便局へ行く。そのまま足を伸ばし、廃屋になった炭住とボタ山のある大原野町を横眼で見て、その先の喫茶店に入る。今では大原野町あたりが、この街で一番殺伐としている。あそこで働いていた人たちはどこへ行ったのだろう。海峡の向うの辺鄙な村にできた原発に何人か行った話は噂で聞いたことがある。たいていは他の土地にある炭鉱に移ったのだろう。そうでなければ出稼ぎかだ。どっちにしても、あのたくさんのボタ山を見ると、何か昔の墳墓のように思えることがある。マネージャーに一度、そう話したことがある。この丘にあるのが墓なら、あのボタ山もこの街の墓のような気がする、と。その時彼はいったものだ。

もしも何千年かたって、この街が土の下にすっかり埋もれてだよ、そしてその時代の人間があそこを発掘したら、そう思うかもしれないよ。これは何だろう。きっと何かの墓に違いない、ってさ。

空想力がたくましいわね。

悦子はそう答えたが、ありそうなことのような気がした。そして、毎日墓ばかり見て過ごしているから、あたしも彼もこんなことを考えるのかもしれない、と思った。実際、人の心に輪郭を与える場所なんて、わずか二十代でそんな言葉を口にするのだから、あと三年もたったら、きっと彼はひどく老けこむ気がする。そして、あたしも、と彼女は思う。結婚する気がさらさら起きないのもそのせいかもしれない。そんなことに、魅力も価値も感じない、不感症の女になりそうだ。

とにかく、ボタ山と炭住を抜けて、こざっぱりとした喫茶店で一時間ほど、お茶を飲んでのんびりとすごす。ウォークマンは持っていかない。音楽が必要なのは事務所にいる時だけだ。できればこの丘が視野に入らない、感じのいい店を選ぼう。それからレンタルビデオ屋に立ち寄って、新作ビデオを借りる。でも今夜は観ることができない。土曜日だからだ。明日の朝までモーテルで過ごす日だ。

カセットのA面が終った。彼女はイヤホンを外し、眼をあげて、同じサイズの色とりどりの整然と並んだ墓石と、その向うの街を眺めた。鼓膜がじんじんいっている。両側を海に縁どられて、街は輪郭が鮮明すぎるほどだ。まぎれもない四月。海は光を反射させ、波頭だけが白い。街は箱庭のように海上に浮かび、その先端に四百メートル足らずの山が見える。何ということもない。あの中に一歩入り込めば、どこにでもある地方の都市にすぎない。とりわけ、繁華街は。けれども、街を正反対の方角から眺めるのは少し奇妙だ。裏返しにした感じだ。裏返しになっているのは自分かも知れない。たぶんそうだ。

丘には誰の姿もない。植木屋とマネージャーは、丘の反対側にでもいるのだ。植木屋は五人で肥料を撒いている。五月には芝はみごとに育つだろう。それがまた、整然とした墓石を充分にひきたたせる。公園？　そう、公園といったほうがぴったりな姿になる。滅多に人の訪れない静寂だけが支配している公園。

八月、街は年一度の祭りで賑わうが、その喧噪もここまでは届かない。夏、このあたりにちょいちょい姿をあらわすのは、野生の大麻を探しに来るいかれた連中だ。大麻はこのあたりにはいくらも生えているそうだ。でもそれがどんな草か彼女は知らない。知る必要も、興味もない。今日来ている植木屋にたずねれば、すぐわかるだろう。

彼女はまだ、丘と街を眺めている。街はこの数年、次々合併を続けて、人口もいっきに十万人は増えた。はっきりいえば、その分、墓が足りなくなったのだ。それだけのことだ。この先、もっと合併を続けるかもしれない。そしてどうなるのか。心に輪郭が必要になる。それなのに、あたしの心は、どんどん形を失くす。砂のように崩れる。今夜の彼の愛撫を思う。とてもていねいに彼は愛撫に時間をかける。彼女が耳と足指に敏感なのも知っている。彼の唇が足指まで下ってくると、それだけで全身の皮膚が震える。

時々、彼はこの管理事務所でも、彼女を求めようとする。そのたびに邪慳に拒む。そんな時の彼はどうかしている。この場所で、そんな真似は御免だ。

道徳的なんだな。

ある時、そんなふうにいわれた。背後から彼が耳朶に唇を近づけてきたのを、激しく首を振って拒んだ時だ。

その反対よ。土曜だけで充分なの、あたしは。

彼女はその時、そう答えた。彼は、おやおや、といった顔をした。

刺激的だと思うけどね。

あなたにはね。でも、変な真似をしたら承知しないわよ。

やっぱりきみは道徳的な娘なんだな。

どうぞ御勝手に。何とでも思うといいわ。

土曜のきみは別人だぜ。

そうなのよ、知らなかったの、あたしはふたりいるの。

彼女はファイルを整理している最中だった。三千六百番までの番号で登録された人々。彼はまだ未練たらしくいった。

人生は愉しむものだよ。

愉しんでいるわよ、あたしは。

彼は首を振り、わかっちゃいないんだ、番号になったらおしまいだ、とかなんとかぐずぐず、喋っていた。もう何もとりあわず、彼女はファイルの整理を続けた。彼もあきらめて、デスクに戻って読書をはじめた。


あい変らず、今、丘は四月の光を浴びて静かだ。そのうち植木屋と彼が、窓の向うに姿を見せるだろう。昼、車で丘をくだったら、何のビデオを借りようか。明日の朝、モーテルから家に帰り、自分の部屋で一日を過ごす。ビデオなんか、見たって見なくたっていい。すべてはその時の気分次第だ。

でももう、土曜日、彼と夜を過ごすのもあきた。墓たちを眺めているよりも、もっとだ。それに、土曜の夜をひと晩過ごす男なんて、どこでも見つけることができる。それだけの男なら、本当に掃いて捨てるほどいる。別に彼でなくともいいのだ。男たちは彼女と遊んだ気になる。すぐ、つけあがるし、うぬぼれる。

そうだ。彼のいったとおり、人生は愉しむものだ。だから彼とは今夜限りにしよう。

ごたごたはいわせない。どうせあれこれいうだろうけれど。そんなことはとんでもない話だ。あたしは他の男を探すから、あなたも他の女の人を見つけるといいわ、といってやろう。

彼女はまた、ウォークマンのイヤホンをつける。どんな男にしようかしら。齢下の男の子でもいい。本を読んでいるふりなんか、これっぽっちもしない、そんな男の子がいい。

音楽が耳に流れ込む。身体中に満ちる。植木屋とマネージャーはまだ彼女の正面にあらわれない。肥料を丹念に撒くだけで二日はたっぷりかかるだろう。コンパクトをとりだして、鏡を見ようかと思ったけれどやめにした。見るのが少しこわい。二十四の女より、もっと老けこんだ顔になっていると思う。ここにいたら誰だってそんな気になるだろう。早く、車で郵便局へ行きたい。丘を何重にもぐるりととりまいた墓たちの、その頂きの明るすぎる管理事務所に彼女はいて、ここにある小半島を眺め、今夜、きっぱりと彼に伝える言葉と機会を考える。そして街のどこでなら、一番手っとり早く齢下の男を探せるだろう、と考える。丘も街も、まぶしすぎる。彼女は眼を伏せて、音楽に身をまかせ、領収書を封筒につめはじめる。

第二章　物語は何も語らず

1　まっとうな男

十一時を過ぎると産業道路はめっきり車の数が減った。それに金曜の夜だった。明日の夜なら、暴走族がどこからともなくあらわれて、わがもの顔に産業道路を走り回り、繁華街にもくりだすはずだ。とんでもない奴らだ。いったいあんな真似をして、どこがおもしろいのか。

ほろ酔い気分で、寛二は北西にむかって車を走らせ、あいつらは真夏の蟬のように湧いてくる、と思った。そうして、自分が寝起きをともにしている職業訓練校の寮生のことを思いだした。彼も寮生のひとりだった。しかし、寮生の中には彼ほどの年齢のものはいない。たいがいは、中学か高校を卒業したばかりで、彼とは四十近くも齢の差があった。専門学校にでも行くつもりで、産業道路の南端にある職業訓練校に集ってきた連中だった。首都にならそんな学校は腐るほどあるが、海炭市にはふたつしかない。職業訓練校は本来、失業者のためにあるのだ。けれどもこの街ではそれもやむを得ないことなのだろう。

　寛二が籍を置く建築科では、一九三七年生れの彼が一番の年長者だった。髪にも手にも顔の皮膚にもその時からの年輪がきざまれている。寛二の他にはやはり建築科で三〇年代生れの者は他にふたりいた。どちらも、元は炭鉱夫だった。全校で百五十人ほどの生徒がいるが、三十代から四十代の人間は二十名ほどしかいない。残りはヒヨッコどもだ。しかも遠隔地出身の者だけが入ることのできる寮ときたら、完全に未成年の子供ばかりだ。口うるさい舎監でさえ、彼より十四歳も齢下だ。話のあう者は誰もいない。

　テレビは娯楽室にあるきりで、それぞれの部屋にはない。寮生たちと一緒にテレビを見たりもしない。きんきらきんのアイドル歌手が毎週毎週、入れかわりたちかわり、順位を競う歌謡番組や、元歌手の男ふたりがやるコント番組を見ても、おもしろくもおかしくもない。だから八時か九時に風呂に入ったあとは、四畳半の自室できまってビールを飲む。他の寮生は二人部屋だが、彼だけひとりで使っている。十時が消灯時間だが、その規則も彼には関係がない。それでも毎晩のビールは五本までだ。いつだったか舎監が、寛二さんは他の寮生と違って立派な大人だから、ビールを飲むなとはいいません、しかしですな、といってきた。

それでも一応酒類は禁止ですし、子供たちのお手本になってもらわなければ……。わかりますよね。

何がいいたいんだね、と寛二は小心な男だと内心軽蔑しながらいった。

ですから、その、ほどほどにして、泥酔するような真似はしないでくださいよ。

ああ、わかった、わかった、あんたの顔は立てるよ、と寛二は答えた。

以来、きっちり五本ときめている。彼は舎監にも一目置かれ、確かに俺は立派な大人なのだ、と自分にいいきかせた。あの舎監は小心者だが、なかなか話のわかる、人を見る眼のあるいい男だ、と寛二は感心したりもした。

寮生たちは彼にはできるだけ近づかなかった。時々、ささいな理由で怒りをむきだしにするからだ。たとえば食事の順番や卓球で強めのスマッシュを打ちこまれた時や、ほんの冗談を飛ばされた時などだ。そんな時彼は自尊心を傷つけられた気がし、寮生に当り散らす。そこで彼らは、食堂では寛二より先に並ばないし、たまに卓球をやる時にはおもしろくもない、ただのピンポンに徹したし、ジョークもひかえめにした。

その寮生たちも、もう部屋の二段ベッドで眠っただろう。今夜、外泊許可を貰ったのは寛二ひとりだ。

産業道路はすっかり春だ。開け放した窓から入りこむ風が、アメリカハナミズキの街路樹が花をつけるのはもう少しあとだ。ほろ酔い加減の皮膚にあたって気分がいい。JRの駅で四つめの、人口一万人の矢不来《やぶらい》の町まで、あと一時間もあれば着くだろう。そこには彼の家がある。女房は眠っているかもしれない。電話をすることなど思いつかなかった。外泊許可も、今夜急に取る気になったのだ。舎監は、外泊許可は一週間前に申しでるのが規則ですよ、といった。固いことをいうなよ、と寛二はいい、すると舎監は、まあ、いいでしょう、と許可書を出してくれた。訓練校と寮とのきまりきった生活。それを一週間も続けたらうんざりする。

女房が眠っていたら叩き起こす。酒は置いてあるだろうか。彼ら夫婦には子供はいなかった。できなかったのだ。今となっては夫婦ふたりの生活も気楽でいい。明日は幼なじみの漁師と、とことん飲む。浴びるほど飲む。

彼は制限速度五十キロの産業道路を、二十キロオーバーで運転し続けた。酔ってはいるが何の心配もない。今夜はビールは三本しか飲んではいない。そんなものは彼にとって飲んだうちに入らない。舎監にはビールに手を出す前に外泊許可を願いでた。アルコールの匂いをぷんぷんさせていたら、いくらなんでも舎監は許可しなかったろう。女遊びにでも行くと思ったかもしれない。

快適に彼は車を飛ばす。視力も確かだし、車も少ない。彼の前にはライトバンと乗用車が二台いるきりだったし、すれ違う車もたまにだ。夜になると、やはりこのあたりは、合併する前は畑とたんぼだけの村だった時の顔を、ほうぼうに見せる。もっともその頃のことを彼は知らない。建物は皆、真新しいが、ひっそりとしている。所々にコンビニエンス・ストアが明りをつけているきりだ。歓楽街にはなりようがない。車を走らせながら、なんとなく、こういう場所にかつていたことがあるような気がした。しかし、それは心にとどまらない。ここから少し先にある、まだ空地ばかりが目立つ工業団地にさしかかる時には、いつももっとそういう気持になる。家と寮との行き帰りのたびにそうだった。確かにあのあたりはどこかで見た風景に似ている。

彼は前の二台をいっきに抜きさった。早く家でゆっくりとしたい。寮のベッドは狭いし、寝苦しい。酒を飲んでも歌も唄えない。今夜は家でのびのび寝て、明日は漁師の友達と徹底的に飲む。唯一の友達だった。齢も同じだ。息子と娘がいたが、ふたりとも首都に出てしまった。娘は結婚し息子は大学を卒業してサラリーマンになった。矢不来には滅多に帰って来ない。

どうして、あとを継がせないんだ。

寛二はそうきいたことがある。すると潮焼けした皮膚に皺をいっぱい作って漁師の友達は答えた。

若い者には若い者の考えもあるだろ、寛二。

親をほったらかしてか。

そんなわけじゃあるまいよ。

それから漁師の友達は、日本酒を湯飲み茶碗で飲みながら、寛二にも子供がいたら、俺の気持はわかるかもしれない、というのが常だ。それをいわれれば言葉がない。

そういうものかな。

うん、そういうもんじゃないか。

ぼそぼそその手の会話を交して、一日中、ふたりで飲む。それでも退屈はしない。

去年一年は、首都の近郊の国際空港作りの飯場で、彼は仲間と毎晩、浴びるほど飲んだ。そこは十何年も前から工事にかかって、いまだに滑走路が一本しかできていなかった。空港を作るのに反対の百姓や彼らを支援する過激派の学生が、時々、ゲリラをかけてきて、ブルドーザーをまるまる焼かれたこともある。毎日、ひどかった。ブルドーザーで畑を掘り起こすと、奴らがやってきては、石や火炎瓶を投げる。鉄パイプを振り回して殴りかかってくる。長年の肉体労働で彼はきたえあげた体格をしていたが、火炎瓶にはかなわない。実際、同僚で大火傷を負ったものもいるし、彼も一度、殺されるかもしれないと思ったこともある。機動隊が催涙弾で追い払うこともあったが、向うが大量動員をかけた時にはすさまじいありさまになった。

そんなことの繰返しで一年たったら厭気がさした。国はだらしがない。ひとにぎりのあんなわけのわからない連中のために、満足に空港も作れずにいる。本当に、国は情けない。

一年、あの土地で働いただけで充分だ。二度とあそこでは働かない。

寮生は確かにヒヨッコだ。だが暴走族よりはましだし、暴走族だって、あの首都の空港建設地にいる百姓や過激派の学生に比べたら、どれほどましかしれない。あいつらは人殺しだ。この国にたてをつく、とんでもない大馬鹿者だ。思いだすと胸がむかつく。

彼が夢中でその話をした時、漁師の友達はただにこにこして、酒を飲んでいた。何を考えているのかわからなかった。

十年前に寛二がそこで働いていたら、うちの息子に会ったかもしれん、と友達はいったものだ。

おまえの息子は機動隊だったか。

まさか。今は銀行に勤めている。忘れたのか。

なんだか話がちんぷんかんぷんだった。そうかい、と彼はいって酒を飲んだ。

彼は訓練校に入って一ヶ月だったが、来年の春になったら、海峡の向うの原発に行くつもりだった。危ないぞ、やめておけ、と友達は、先週酔ってその話をした時、珍らしく忠告めいていった。でもよ、火炎瓶を投げられたり、鉄パイプで殴られるよりずっと安全だ、と彼は答えた。

おまえらしいな、と漁師の友達は嗄れ声でひとことといった。

車は工業団地にさしかかった。急にさみしくなった。工業団地は産業道路の右側に広がっていた。どのぐらいの広さがあるのだろう。夜の底ではその感覚は曖昧だ。建売住宅がぽつぽつと建っているだけで、あとはただの野っ原だった。左手にはシャッターを降した商店やアパートが並んでいる。街灯とアメリカハナミズキの樹ばかりが眼につく。工業団地。そんな名前をつけたものの、誘致する工場はなかなか見つからないらしい。計画倒れだという非難も持ちあがっている。もっともだ。そううまい具合いにたくさんの工場が誘致されたら、彼はヒヨッコどもに混って毎朝訓練校で体操などしなくてすむし、来春、原発に行く必要もない。誘致されたのはアメリカハナミズキの街路樹だけだ。繁華街はプラタナスが多かったし、山の手はアカシアだ。もっとも彼にとっては樹はただの樹にすぎなかったが。

夜見ると、荒地のようにしか見えない工業団地を右手に見て、彼は車を走らせる。ほろ酔いも醒めてきた。夜気が土の匂いを運んでくる。この辺一体も畑だったのだ。

彼は懐かしい匂いを嗅いだように思い、やはりどこかで見た光景のような気がした。どこでだろう。思いだせなかったが、牧歌的な気分になった。

工業団地のなかほどまで行くと、ヘッドライトの明りの中に、車の姿が一台うかびあがった。みるみるうちに距離が縮んだ。黒いスカイラインだった。新車に近い。思わず彼は舌打ちをした。五十キロの制限速度でのろのろ走っている。しかも追い越し禁止区間だった。女か、初心者か。

彼は子供ばかりの寮生といる時に、時々みせるあの腹立たしさが頭をもたげるのを感じた。

どこの世界にこの時間帯、がらがらの道路で、制限時速を守って走る間抜けがいるだろう。彼は車体を近づけ、中央に寄せてみた。前の車は平気で五十キロを守っている。たいがいは、追い越させるために車を歩道のほうに寄せるのにそれもしない。よほどクラクションを鳴らしてやろうかと思った。人を小馬鹿にして、愉しんでいるに違いない。彼のは十年近くも乗り回した、ポンコツに近い車だ。乗れさえすればいいといったしろものだった。苛々した。さっき追い越した二台とは明らかに違う。あの二台は七十キロは出していた。彼は左手で顎を撫ぜる。無精髭が生え、服は菜っ葉色の作業服だ。

あの作りかけの国際空港で、命がけで国のために働いても、前を行く新車一台、買うことができない。矢不来へ戻れば戻ったで、職業はなく、仕方なく海炭市の外れにある職業訓練校に入った。週に一度、はめを外しに矢不来に帰るのだ。それとても、幼なじみのたったひとりの友達と酒を飲むだけのことだ。

前の車は平然と五十キロで走っている。追い越し禁止区間なのをいいことに。そう思うと彼は自分の気持を踏みにじられたような気になった。

スピードをあげた。中央車線に出て、いっきに追い越した。追い越す時、ちらっとスカイラインを見た。背広を着た男がふたり乗っていて、運転手が彼を笑いながら見ていた。

ざまみろ、と彼は追い越して思った。

その途端、サイレンが鳴った。スカイラインは屋根に赤の点滅灯を置き、助手席の男が、停車を命じる。

だまされた。運が悪い。しかし、もう遅い。覆面パトカーとは思いもしなかった。思ってみるべきだったのだ。一瞬彼は怒りよりも悲しみに襲われた。

彼は車を停め、路上に降り立った。スカイラインはサイレンを止め、彼の車の後尾にぴったりつけると、ドアをあけ、背広のふたりが降りてきた。

眼の前に彼らが立った。二十代と四十代だ。彼ら越しに工業団地の野っ原が夜の底に横たわっているのが見えた。

「何故、停められたかわかるだろ」

二十代のほうが横柄な口調でいった。寛二は、どうでもいいように頷いた。

「免許証を出して」

四十代のほうが促す。彼はかがんで車に上半身を入れ、ダッシュ・ボードから免許証を出して、渡した。

「汚ない」と渡す時、小声でいった。

「何が」と二十代のほうがいった。

齢上のほうが、まあ、まあ、というふうに手で制して、免許証を見た。

「どこまで行く気だった」と二十代のほう。

「矢不来」

「本当か」

「嘘だというのか、小僧」

「なんだって」と若いほうが気色ばんだ。

「仕事は」と齢上のほうが間に入るようにしていった。

「職業訓練校に入っている」

「誤魔化しても駄目だよ」

「入っているんだよ」

「なあんだ、こいつ、酒を飲んでいるじゃありませんか」と若いほうがいった。

「ああ、飲んでる」と寛二は平然といった。

「あのね、飲んでるって……」と年配のほうがいった。

「だから飲んでいる」それが悪いか、と彼は思った。

ふたりが眼を見交した。年配の男が続ける。

「飲酒運転だよ」

「それがどうした。盗んでいないぞ」

「いや、いや、そうじゃなくて」

四十代の男はあまりに現実離れした彼の言葉にあっけにとられた。

「酔っ払い運転なんだよ」

「だから、俺の金で買ったビールだ」

「法律を知らないのかい」

「馬鹿にするな、知っているさ」

彼はよほど、去年まであの首都の作りかけの国際空港で働いていた、といおうかと思った。法律どおりに働いていたのだ。

「これは駄目だ」と若いほうがいった。

「わけもわからないほどひどく酔っ払っているようには見えないがね」

「駄目なのはここでしょう」と若いほうが自分のこめかみを指で突ついた。

「なんだと」と彼はいった。

「でもねあんた、酒を飲んで運転してはいけないのは、子供でも知っているよ」

「だから盗んだ酒じゃない、といってるだろ」

「本気で喋っているのか」と若いほうがいう。

「あたりまえだろ」と彼はヒヨッコの寮生の前でのように怒鳴った。そして喚いていった。

「いいか、俺は自分の金で買ったビールを飲んだんだ。それのどこが悪いんだ。え、俺はドロボーじゃないんだ。今でこそ訓練校にいるけどな、ガキの頃からよ、自分で働いて、全部自分のものは自分でまかなってきたんだ。誰からも後ろ指一本さされるようなことはしてない。おまえらみたいに覆面パトカーで追い越させておいて、とっつかまえるような汚ないことはしたことがないんだ」

「わかった、わかった、今、説明するから」と四十代のほうが、寛二の両肩に手を置いて、ポンポンとなだめるように叩いた。

無駄でしょう、木の芽時です、と若いほうが頭からきめつけるようにつぶやいた。

木の芽時？　いったい何のことだ。

「まずはあんたのいうとおりなんだ。確かに自分の金で買ったビールを飲んでも罪にはならない」

「そうだろ、間違っていないだろ」いつだって俺はそうしてきた、と彼は思った。年配のほうがさすがに礼儀を知っている、と彼は判断した。確かに酒を飲んで車を運転してはならないことぐらい知っているつもりだが、しかし、自分の金で買ったビールの場合は別なはずだ。それが世の中の筋というものだ。

「いいかね、自分の金で買ったビールでも、それを飲んで運転をしたら、それは立派な罪になるんだよ。免許を取る時、習ったでしょう」

四十代のほうは辛抱強くいいながら、これはやはり、同僚のいうほうがすこしは正しいかも知れない、完全におかしいわけではないとしても、どこか頭の中が切れている、そう思って対処していくべきかもしれない、と思った。そのほうがいい。とても一筋縄でいくとは思えない。

寛二は寛二で、いったい何が罪なのだと苛々した。寮生と卓球をして強いスマッシュを打たれた時のような気分だ。ビールを三本、舎監との約束で五本飲むところを、三本にしたのだ、それも自分の金で買ったビールなのに?

「俺は気が短かくて、すぐ腹をたてるけどよ、今まで一度だって悪いことはしちゃあいないぞ」

「そうだろう、そうだろう。それでも、酒を飲んで運転をしたら罪になるんだ」

四十代のほうが、寛二のすっかりすわった眼を見ていった。もし、本当におかしいのなら、何を喋っても刺激することには違いない、と彼は冷静に考えた。

「だから俺の金で……」

「いやいや、それでもだね」

「五本飲むところを、三本で我慢して、それであんなふうにしてだまされて、とんでもない話だ」

「駄目ですよ。この男は。署に連れて行きましょう」

「いいからおまえは黙っていろ小僧。俺のほうが三十年以上も世の中のことを知っているんだ」

「そんなことは、何の関係もないんだ」と若いほうは語気を強めた。それから年配にむかって、

「やれやれ、とんでもないのにぶつかりましたね。はじめてですよ、こんなこと」と腹もたたないといったふうに喋った。

寛二は完全に自分は何もかも踏みにじられていると感じた。

「もう一度、きくがね、飲酒運転のことは本当に知らないのかね」

もしかしたらへたないい逃れをしているのかもしれないと考えて、四十代のほうがたずねた。

「それは少しは知っているけどもよ、俺の酒には違いないんだよ。俺のいいたいことがわかっているのか、おまえら」

四十代の私服は、まじまじと同僚を見た。若いほうは首を振った。

「とにかく、署に連れて行きましょう」若いほうがいい、必要なら、病院にも連絡したほうがいいかもしれませんね、と静かな声で付け加えた。

「いや、少し変った人なんだよ」

「変りすぎです」

寛二は完全に頭に血がのぼってしまった。汚ない、汚なすぎる、最初から前を行くのがパトカーなら、俺だって追い越しはしなかった。ところがどうだ、あげくの果てに、頭のおかしな男にされかかっている。それもこんな若僧に。寮でだって、俺は一目置かれ、話しかけてくる時には、むこうはびくびくものなのだ。

そう思った途端、彼は腕を突きだしていた。ただ働いてきた、それだけの人生だ、それをこの若僧は、全部駄目だというのだ。そういっているのと同じだ。こぶしに鈍い痛みが走り、不意をくって二十代の私服があっけなく路上に引っくり返った。寛二は喚いた。自分で何を喚いているのかわからなかったが、声の限りをだしていた。四十代のほうが、腰に組みついて足払いをかけてきた。工業団地と反対側にあるアパートやシャッターを降した商店から人々が出てきた。若いほうも機敏に立ちあがり、一緒になって寛二を組みしいた。暴行、傷害、公務執行妨害という言葉が聞こえた。どこかで耳にした言葉だ。寛二は手足をばたつかせて暴れ、産業道路に出てきた十五、六人ほどの街の人々は、笑いや苦虫を嚙みつぶしたようなさまざまな表情でそれを見ていた。

春なのに路上はつめたかった。それが作業着越しに、寛二の背中に伝わった。ふたりの男を振りほどこうとしたが、駄目だった。いいかげんにしろ、と若いほうがひどく昂奮した声でいった。

寛二は暴れ続けた。そうしながら、去年一年こんな光景をずっと見てきたのだ、と気づいた。そうだった。ずっとだ。何故、工業団地のあたりが懐かしい光景のように思えたのかも、彼にはわかった。なにもかもだ。彼は力の続く限り暴れなければならないと思った。畑を掘り返した時の首都近くの空港建設予定地の百姓のようにだった。あの百姓たちは間違ってはいなかったのだ。そう思った。寛二は若いほうに唾を吐いた。しかし、ふたりの力は強かった。寛二は、吠えるように叫び声をあげた。

翌日、警察からの知らせで、寛二が古くからある病院に一時的に収容されたという知らせを受けとった時、職業訓練校では、やっぱり、といいあった。寮生にもすぐに知れたが、十日もたつと誰も時々しか思いださなくなった。

漁師の友達は、寛二の女房から話をきかされた。なあに、あいつは昔からああだった、と彼はつぶやくようにいった。二度、いった。

2　大事なこと

あいつには最初から打者の才能があったんだ。

甲子園で優勝投手になって、プロ野球の最下位チームからドラフト一位に指名された時以来、忠夫は彼のことをそう信じていた。あの頃から俺は、と忠夫は思う。

あいつにバッターに転向するだけの勇気があったら、いつだって三割近いアベレージを残すことができるだろうと思っていた。首位打者になるのだって夢ではない。それに、何しろ最下位のチームだから、高校を出たばかりでも一軍で通用するだろう。確かに一年目や二年目から首位をあらそう打者になるのは無理だとしてもだ。それほどずば抜けた選手ではない。そんなことは、水産高校の投手で、地区予選の二回戦にコールド敗けをした忠夫でもわかることだ。

第一、年間の勝率が四割にも達しない、眼もあてられないオンボロチームでも、プロはプロだ。そう甘いはずがない。しかし打者で出発していたら、新人王の声ぐらいかかったかもしれない、いや、きっとかかっただろう。

その証拠に、投手に見切りをつけ、打者になって一塁を守るようになった翌年には、フル出場し、三割八厘を打って七位の打撃成績を残した。その年は六番バッターだった。チームで二番めの打率だった。翌年には、いっきに三番バッターに抜擢され、シーズン前半まで、あわや首位打者になるかといった期待をいだかせてくれた。すくなくとも、オールスターが終るまではそうだった。

忠夫は毎朝、生コンの会社に出勤する前に、スポーツ新聞のスコアをつぶさに眺め、自分より四歳若いその青年の好調が持続することを願ったものだ。ところが陽のあたる場所の入口にやっと出てきたその青年は、秋から体調もフォームも崩して、結局四位にとどまった。

それにオールスターにも出場できなかった。ファン投票では申し訳程度に名前があがっただけだ。

ドラフトであれほど騒がれたのに、ピッチャーで四年間うろうろしているあいだに、当時の人気もどこかへ吹っ飛んでしまったのだ、と忠夫はがっかりした。四年間のあいだに、お情けのように八回登板して、〇勝三敗だ。まったく輝やかしい成績だ。そうして打者に転向してきた時には、かつてのファンだった少年や若い娘たちから名前さえ忘れられてしまったというわけだ。きれいさっぱりと。

シーズンの最終成績は四位で、オールスターにお呼びがかからなかったとしても、あと一、二年打者としてのキャリアを積めば、堂々としたプロのスターになるだろう。本当に陽のあたる場所に出てくるだろう。高校を卒業したあと、生コンの会社でミキサー車の助手や運転手をし、町内の朝野球チームの投手をしてきた忠夫は、そう自分にいいきかせた。今の段階では満足すべき成績だ、と。問題はこれからだ、と。

海炭市では年に一度、八月の夏の盛り、プロ野球が遠征してくる。海炭市にやって来るのは人気チームは人口百万を越える他の地方都市へ行ってしまう。海炭市にやって来るのはウエスタンやイースタンリーグで、せいぜいが下位のチームだった。去年の夏は、あいつの所属するチームが、大鷹町の市営球場に来た。忠夫は産業道路の南にあるアパートから、朝野球のキング・バッファローズのメンバーと一緒に、その二十五歳の青年のプレーを見に出かけた。忠夫は結婚したばかりで、新しく建てはじめた市役所に毎日、ピストン輸送で生コンを運搬していた。その日、彼は仕事を休んで大鷹町へ行った。一万二千も入れば満員になるほどの狭い球場だが、その日は多分それ以上は入っていたろう。外野の芝生席の半分は立見客だった。海炭市に住む人々の夏の愉しみのひとつだった。首都にあるドーム球場などだったら、たかだか、いい当りのレフトフライでも、ここでは軽くホームランになってしまうというのも御愛敬だった。ところが実際あいつはどんなプレーを見せてくれるだろう。忠夫は愉しみだった。

試合になってみると、ひとつもいいところがなかった。一安打も打てずに終ったし、守備にもきびきびしたところがなかった。エラーこそしなかったが。キング・バッファローズの連中と一塁側のスタンドからビールを飲んで観戦し、デーゲームに弱かったろうかと記憶をたどってみた。たんなる夏バテかも知れないとも思った。いやもしかしたら、オールスターに出場できなくて腐ってしまったのだろうか。まさかそこまでは考えたくはなかった。

そして、十一年前には、自分はここで甲子園の地区予選で、みごとにコールド敗けを喫したのを思いだしたりした。自分も普通の野球少年並みに、将来はプロの選手になりたかった。そうなる見込みはどこにもない、自分の内には秘められていないと、あのコールド敗けの日に思い知ったのだ。時々、そんなことが心をかすめたが、二十五歳のあいつがバッターボックスに立つたびに、名を叫んで声援を送った。

しかし結局、あいつのチームは惨敗し、翌日には他の街へすごすご移動してしまった。すごすご？　まったくそんないい方がぴったりだった。今考えれば、あの頃からあいつの調子は下降気味だったのだ。キンバの仲間は、俺たちの試合のほうがもっとましだ、などと軽口を叩いたりしたものだ。それから、俺たちも市営球場で野球がしたい、といったりした。そのためには海炭市に十ブロックある朝野球のリーグ戦で、ブロック優勝しなければならない。優勝したチームだけが、市営球場でトーナメント戦に出場できるのだ。

　俺も、もう一度ここで試合がしたい、と忠夫は思った。来年は結婚したばかりの女房が子供を産むだろう。俺はあい変らずミキサー車の運転をし、たぶん生涯それを続けるだろう。三十にならない前に、自分の人生が見えてしまっても、もうどうこういうこともないが、朝野球で海炭市一になりたい。そして、かつてドラフト一位に指名されたあの青年は、今日はテキサスヒット一本打てなかったが、思いきって打者に転向したことを祝福したかった。今日は散々だが、明日は、はつらつとするに違いない。今シーズン、首位打者がとれなくとも、来年はもっと踏んばるだろう。

　そうしてキンバは去年、結局、朝野球のブロック優勝を二ゲーム差で落した。


　朝の五時に忠夫はアンダーシャツを着た。スポーツ新聞はもう見終った。あいつは、打撃成績のトップを三割八分九厘で突っ走っていた。ホームランバッターではない。昨日は四打数二安打だ。三振も、失策もない。このまま持続してくれるといい。派手なプレイヤーではないが、投手として棒に振った四年間を無駄にはしないだろう。そして俺も、と思う。今年こそブロック優勝し、大鷹町の市営球場で試合をする。炭鉱の跡地近くの大原野町にあるただのグラウンドで試合をするのはもう、あきてしまった。芝生すらないのだ。

アパートの畳に腰をおろし、白のハイソックスをはく。その上に、紺に赤の縦縞の入ったアンダー・ストッキングをはいた。

臨月の明子が起きてきた。

「寝ていろよ」

忠夫は立ちあがっていった。

「メシなら心配いらない。コンビニエンス・ストアで弁当を買うから」

「ごめんね」

「やめろよ。明日の日曜日、デパートに行こう」

「やってみるの」

「ああ、早く産れたほうがさっぱりするだろ」

予定日より一週間、遅れていた。医者は、デパートの階段を降りる運動をするといい、と勧めた。上りはエレベーターにしなさい、心臓に負担がかかります、と。明日、それをやってみよう。彼は水色に赤で、キング・バッファローズと横文字の入ったユニホームを着た。今日の相手はアストロだった。去年のブロックの優勝チームだ。勝ちたかった。でもアストロには、海炭市から甲子園に出場した時の商業高校のピッチャーがいた。金で雇われた助っ人だ。忠夫より二歳下だ。海炭市から甲子園に出たのは、その男がピッチャーだった時の年、一回だけだった。あの時は街中大騒ぎだった。

プロ入りするかもしれない、といわれたピッチャーだったが、そうはならなかった。しかし、球威も球種も忠夫を問題にしなかった。忠夫でなくともだ。頭にくる。何としても勝ちたかった。予定日より遅れている明子の腹の中の子供のことより、今朝のアストロとの試合で頭はいっぱいだ。

ヘルメットと金属バットとグローブを忠夫はスポーツバッグに突っ込み、玄関でスパイクをはいた。充分、眠った。体調は申し分ない。試合が終ったら、ローカル空港の近くにある植島商事の共同生コンクリート会社まで車で出社する。今日も建築中の市役所に生コンを運ぶのだ。産業道路を走り、工業団地の途切れた所から、炭鉱の跡地に入り、路面電車の道を通って、市役所まで行く。それを日に何度も繰返すのだ。夜、アパートに帰る時には身体はぐったりし、充実した疲労が、その日一日の彼自身そのものを物語ってくれるのだ。そして、ビールと夕食。明子と一緒にテレビドラマを見て、十時には眠る。試合のある日はいつもそうだ。

「明日は本当にデパートだ」

忠夫は玄関に出て、見送りに来た明子にいった。空はやっと夜があけはじめたばかりだ。だが試合開始の五時半には、すっかり陽はのぼるだろう。空気は冷たかった。皮膚も気持も張り詰めた。車に乗り込み、後部座席にスポーツバッグを置いた。

グラウンドに着くと、すでに両チームとも練習をしていた。アストロは柔軟体操をしていたし、キンバの連中はのんびりキャッチボールをしていた。例の助っ人の甲子園ピッチャーの姿はない。その男はいつもぎりぎりに来るのだ。そして、ウォーミングアップもせず、いきなりマウンドに立つ。完全になめてかかっていた。

忠夫は野っ原の駐車場に車をとめ、朝のグラウンドに降りたった。外野の向うに、今は人ひとりいない、炭鉱のボタ山がかすかに見えた。

幼稚園バスの運転手が、今日はがんばるぞ、と大声でいって近づいてきた。忠夫と同じ齢だが、彼はゆくゆく幼稚園の園長になると思われている男だった。今は彼の父が園長だった。家も近く、仲が良かった。彼の父は、工業団地の土地の三分の一を持っていた地元の農家だ。その土地を売った金で、幼稚園を建て、にわか教育者になったという噂だった。

忠夫にはそんなことはどうでもいい。産業道路沿いで、にわかに何かになったものは珍しくはない。人口が増えて、幼稚園も必要になった。忠夫のこれから産れる子も、彼の父親が経営する、良い子、強い子、明るい子、というキャッチフレーズの幼稚園にいずれ通うことになるだろう。その頃にはその男も、幼稚園のバスの運転手といった手伝いをやめて、園長になっているかもしれない。一度だけ、彼は、本当は自分は、幼稚園よりも、テニス練習場を経営したいのだ、そのほうが自分にはあっているし、このへんの新しい街では、はやるだろう、と悩みを打ちあけたことがある。そんなことは、おまえがきめることさ、とだけ忠夫は答えた。だが親父がな、と彼はいった。お人好しの苦労知らずの男だった。もっとも、俺が他人以上に苦労をしているわけではないが、と忠夫は思う。

「今夜、マージャンでもどうだ」と幼稚園バスの運転手が誘った。

「そうだな、半チャン四回ぐらいなら」と忠夫はスポーツバッグを降していった。

明日は女房とデパートに行くが、そのぐらいならいいだろう。ふたりでベンチにむかってゆっくり歩いた。デパートへ行く話はしなかった。しかし、医者がいうように階段を何度も降りることが本当に効果があるのだろうか。あってもなくてもやってみるべきだ。女房は予定日より一週間も遅れて、少し苛立っている。医者は、はじめての時には予定日より遅れるのが、まあ普通ですよ、なるべく誘発剤はうちたくないのです、といったが、明子の表にはあらわさない苛立ちや不安は忠夫にもわかった。そして、俺が産むわけではないのだ、と思った。それならば効果があろうがなかろうが、デパートに半日つきあうぐらいのことはしてもいい。

「ところで」と幼稚園バスの運転手がいった。

スコアボードの前を通った。キャッチボールをしているキンバの連中が、次々声をかけてきた。忠夫も、よお、とか、お早よう、とか、張り切っているな、とか声をかけた。そして、幼稚園バスの運転手にいった。

「ところで、なんだ」

「今年の、奴は調子がいいな」

「誰のことだ」

「ほら、あいつだよ」

幼稚園バスの運転手は、濃い眉の下の眼を細め、口元に笑みを浮かべて、照れたように地面を見た。すぐ、顔をあげた。忠夫はやっと理解した。

「ああ、いい調子だ」

「三割八分九厘だな」

「二位に三分の差をつけている」

「今年は首位打者は確実じゃないか」

「シーズンははじまったばかりだよ」

「夏バテしなければ大丈夫だろう。それに」と幼稚園バスの運転手は続けた。「今年はオールスターにも出るだろう」

「たぶんね」と忠夫は答えた。

ベンチに行った。ベンチといっても緑のペンキを塗ったただの長い椅子でしかない。忠夫はスポーツバッグをその上に置き、ファスナーをあけて、ヘルメットと金属バットと使いこんだグローブを取りだした。

確かに今年はオールスターに出場するだろう。あいつの実力を認めないわけにはいかないだろう。そして、首位打者も手にしてくれるといい。

けれどもそれより、幼稚園バスの運転手が、三ヶ月前のことをまだ気にしているのだ、と思うと、何を喋るべきか、と忠夫は考えた。

陽はすっかりのぼった。朝野球びよりだ。

三ヶ月前の口喧嘩を思いだした。ひどく単純な理由で喧嘩をしたのだ。幼稚園バスの運転手が、忠夫にプロの選手で誰が一番好きか、とたずねたのだ。忠夫は、勿論、あいつの名前をいった。すると幼稚園バスの運転手は、あの男は不良だぞ、といったのだ。忠夫はあきれた。

確かにドラフト一位に指名された時、スポーツ新聞は、あいつの日頃の品行を書きたてたものだ。女や暴力沙汰すれすれのことや、時々暴走族と一緒だ、などという話をだ。それに、プロ野球に入団するのは金のためだと公言したことだ。つまり高校生らしくない、というわけだった。

要するにあいつは野球選手だ、と忠夫はその時いった。

しかし、根性の悪い、狡い奴だ、と幼稚園バスの運転手はゆずらなかった。

それがどうしたんだ、あいつはプロの野球選手だ、ものにできる投球は確実にヒットにできればいい、違うか。それに、あんたはあいつと直接話でもしたことがあるのか。

忠夫は次第にむきになった。

どうして、狡い奴だとわかる？　直接会って話したわけでもないのに、え。あんたの好きな野球選手をあててやろうか。元、大打者の息子だろ。今年、プロに入った、あの青年だろ。

そうだ、と幼稚園バスの運転手はいった。あれは、いい青年なんよ。

馬鹿馬鹿しい、良い子、強い子、明るい子か、幼稚園の子供じゃあるまいし、あの程度で、プロで通用するとでも思っているのか。

そういうことをいっているんじゃない。

じゃ、なんだ。

つまり……。

かんじんなのは、誰がどの野球選手を好きでも、そんなのはそいつの勝手だ、ということじゃないか。すくなくとも、俺の好きな選手は、そのうち首位打者になる。

そのあとで忠夫は、あんたは黙って親父の跡を継いだほうがいい、本当に幼稚園のいい教育者になるだろう、と皮肉った。

なぜあんなにもむきになって、口喧嘩をしたのだろう。あれ以来、ふたりはぎくしゃくしてしまった。勿論しょっちゅうこだわっているわけではない。表面はとりつくろっても、どこかでしかし、わだかまりがあった。大人げもない話だった。

キンバの連中の打撃練習がはじまった。アストロは柔軟体操をやめ、キャッチボールに入った。プロになりそこねた雇われピッチャーはまだ姿を見せない。

「キャッチボールの相手をしてくれないか」

忠夫はいった。

「オーケイ」

ふたりでベンチ脇でキャッチボールをした。身体の切れは上々だった。ところであんたの好きな選手だが、と忠夫はいった。

「大リーグに留学だってな」

「ああ」

「少しはうまくなって帰ってくるといいな」

「なるさ」

「テニス練習場と幼稚園と、どっちにするかきめたか」

幼稚園バスの運転手は、咽の奥まで見せるように口をひらき、覚えていたのか、と大声で笑った。彼はそしてきっぱりといった。

「親父の跡を継ぐことにしたよ」

忠夫は、腰と手首のスナップを利かせて速い球を投げた。いい音をたてて、球はグローブに吸い込まれた。自分できめたのなら、それでいい。明日、俺は女房とデパートへ行く。元気な子供が産れるように階段を繰返し降りる。いったいなぜあんな口喧嘩をしたのか、今もわからない。でも、大事な話でもあったのだ。

「アストロには勝つぞ」と忠夫はいった。

「勿論だ」

答が返ってきた。

3　ネコを抱いた婆さん

正午になった。五月の半ばだが、もう六月の陽気だった。陽射しはとてもあたたかい。今年の夏は思いがけず早いかもしれない。そうだとすれば畑の作物も、何を植えるか、種撒きの時期をいつにするか、考えなければならない。でも、そんなことは息子夫婦がうまくやるだろう。まかせておけばいい。わざわざ口だしすることはない。

今年、トキは七十回目の夏をむかえる。だが実際には何十回目の夏なのか、トキはこの頃では数えたことも、つぶさに思い出すこともない。四、五日前に、あと一ヶ月で七十歳の誕生日だと息子にいわれて、そうかと思っただけだ。そうでなければ忘れていたろう。息子がそれを口にした日も、四、五日前のような気がするだけで、本当は一週間前かもしれなかったし、十日前かもしれなかった。

いろいろな春や夏があったのは、おぼろげに心に浮かぶことはある。ただ、それがいつの年のことだったかは定かではない。正確に思いだせるのは、国が戦争に敗けた時と、息子が三十九年前に産れた時と、はじめて借金で豚を手に入れた時、それに夫が死んだ五年前の冬だ。実は豚ではなく、牛がほしかったのだが、それでもあの時はうれしかった。近所の農家ではたいてい牛だったし、春、それがメスの仔牛を産んだと聞かされたりすると、ひどくうらやましかった。自慢話もよく聞かされた。かわりにオスの仔牛だったりすると彼らは、今年は駄目だ、と吐き捨てるようにいったものだ。値が違うのだ。メスは何でも高く売れる。人間でもかわりはない、とトキは思う。五年たって、彼女はやっと夫の死んだ時の年齢になった。朝、起きてみたら、夫は障子にもたれて首をたれていた。この寒いのに、いったいなぜそんなところで眠っているのかと思い、肩に手を触れて、あっ、と息をのんだ。

彼女は、今ではもう畑仕事はしないが、それでも毎朝、一巡し、時々、草むしりをする。そうでないと一日がはじまった気がしない。服も、野良着とモンペで過している。嫁が一度、モンペはやめたら、といったこともあるが、おれはこれでいいんだあ、と答えた。トキはずっと男言葉を使ってきたが、嫁は違う。服も言葉もそれで何十年と過ごしてきたのだ。今さら何かをやめようとは思わなかった。

そろそろ息子夫婦は、埋立地にある朝の市場から戻るだろう。息子ひとりの時もあるし、嫁だけが出かける時もある。九年前までは、夫が、軽トラックに季節季節の野菜を積んででかけたものだ。農協ではねられた形の悪いトマトやナスやキュウリなどだった。

夫が朝の市場に出かけなくなったのは、車の運転があやしくなったからだし、このあたりが急速に様変りをして、昼間の交通量がひどく増えたからだ。

実際トキが今、坐っている狭い黒光りをした縁側からは、低い土塀越しに産業道路を行き交う車がひっきりなしに見えるし、道のはす向いにある小さなレストランには酒屋の車が配達に来ているのが見える。あそこのレストランのコックは、首都のホテルで修業をつんできた人だそうだ。その触れ込みだけで、結構、繁昌している。

材木を荷台にワイヤーロープで縛りつけたダンプが通り、JRの駅まで行く循環バスが通る。ライトバンや乗用車、オートバイ。トキは正面から押し寄せる騒音と春の陽射しの中で、ぼんやりとそれらを眺めている。あの材木は一体、どこから伐って来るのか。墓地公園のある大楽寺町の山からかもしれない。そのうちきっと海炭市の人々は、何もかも伐りとってしまうのかも知れない。そして、アメリカなんとかという、シャレた名前の街路樹をいいわけでもするように、コンクリートの隙間に植えるのだ。

夫は朝の市場に行くのを息子にまかせてから、豚や鶏や兎の世話をしていたが、トキの眼にも急に齢老いたのがわかった。市場通いをやめさせるべきではなかったかもしれない。なにしろ、ここが音江村と呼ばれ、バスも通っていなかった頃から続けていたことなのだ。ずっと馬車だった。冬でも欠かさず通った。トキが採ってきたアワタケも売りに行った。けれども、もうあのキノコもこのあたりでは一本も採れない。

　何もかも徹底的に変った。何年前からだろう。近所の農家は土地を売り払って、商店をはじめたり、幼稚園を経営したり、こざっぱりとしたアパートを建ててしまった。土地持ちだった有力者は市会議員に立候補して、みごとに落選した。キノコも畑も林もなくなって、かわりに海炭市の人間がどんどん越してきた。街は際限もなくふくらむ。トキには何がなんだか、わけがわからなくなってしまった。

　向いのレストランから酒屋が出て来て、小型トラックに乗り込むのが見える。乗客をたくさん乗せたバスが、視界をさえぎる。

　あのレストランからも苦情が来ている。豚が臭いといって。いいがかりにもほどがある。豚はわずかに五頭しか飼っていない。鶏は十羽ほどだし、兎はただの愉しみだ。

　合併した時、海炭市の市役所の役人が、立ちのいてくれるようにいってきた。その男は、息子ほどの齢で、元は音江の村役場にいたのだ。夫はあの時、なんだおまえ、いつから市役所の人間になったんだ、とその若い男にいったものだ。いやあ、と照れくさそうに笑ったので、夫とトキは、出世してよかった、給料はあがったか、とひやかした。それからちょうど今、トキが陽なたぼっこをしている庭で世間話をして、お茶を飲んだ。そのあとで立ちのきの話を切りだされた。その頃には半数近い農家が音江から出ていってしまっていた。

わしらはその気はないなあ、と夫は穏やかだが、てこでも動かない、といった口調で答えた。そらっとぼけた声を出す時は夫が本気の時だ。

そんなことをいっても、ここらはもう海炭市だし、厭でも変りますよ。

わしらは変らんなあ。

いいですか、新しい街作りですよ、何年もたたないうちに、ここは街になってしまいますよ。

それは結構だよ。街になろうと何になろうと文句はないから。

頑固だなあ、村松さんは。

わしは街になってもいい、といっている。それに頑固者じゃないぞ。頑固者はおまえの親父だ。若い頃からそうだった。

話をはぐらかさないで下さいよ。

音江はうちの親父やお袋が開拓した村でな。

それはもう知っています。

それでもまだこのへんは恵まれた場所でなあ。

だから、それは知っていますよ、ただ時代がね、とても、許さんのですよ。

で、親父とお袋の墓も家の裏にあるしな。お前のところの墓はどうした。

いや、今度、墓地公園ができますからね。

それはいいなあ。そういうわけで音江が海炭市になって、全部街になっても、俺んところは誰も反対しないから、ほおっておけ。

市役所の男は弱りきって、とにかく考えて下さい、また来ますから、といって立ちあがった。それから、ここでこのままの生活をするのなら、本当にお宅だけ取り残されますよ、といった。

そして、そのとおりになった。トキの家の両側はアスファルトの道路になってしまった。庭は産業道路に一メートルほど出っ張って、ドライバーの不満をかっている。

そのうち、誰がいうともなく、豚屋、と呼ばれるようになった。頻繁に来ていた市役所も、今では年に二、三度、道に出っ張った庭をどうにかしたい、というだけになった。たいていは電話だ。本当に取り残されてしまった。そして、変り者の一家として物笑いのタネになっている。

時々、豚の臭いのことで苦情が来ているのですがね、と市役所ばかりではなく、保健所から電話のくることもある。

豚は昔から飼っていますよ、まさか公害だなんていうわけではないでしょうね、と今では死んだ夫のかわりに息子が答える。

あのね、海炭市の人たちが住むようになるずっと前から、うちは豚を飼っているんです。

息子はその一点張りだ。

孫が小学校から帰ってくるのは三時頃だ。小学校五年だが、トキとそう背丈も違わない。何日か前から近くにできたスイミング・スクールに入りたい、と父親にせがんでいる。息子は許すだろう。孫が大人になった時のことはわからない。男の子だし、海炭市で別な職業に就くかもしれない。もしかしたら首都の大学に行き、そのままサラリーマンになるかもしれない。それは孫次第だ。この家が息子の代で終りになるのなら、それはそれでいいことだ。

確かに海炭市で、豚屋といえば、家のことだし、どう呼ばれても、どう嘲われてもいい。しかし、人々がそう呼ぶ限り、トキは庭を一メートルでも、五十センチでも引っ込めるつもりはない。

畑はここから車で五分ほど奥に入った工業団地の中にある。毎朝、息子夫婦の車でそこまで行く。周囲がすっかり整地された中に、広くもない畑があるのは、奇妙だ。元々、音江時代から農家としては小さかった。夫とふたりで充分足りた。その他にアスパラガスの畑地がわずかにある。畑とも呼べないほどの土地だが、今はアスパラガスが毎日採れる。あれは本当に手がかからない。一日か二日で、抜いた後から次々生える。

息子夫婦は朝の市場で、昨夜、三人がかりで束にしたアスパラガスを売っている。たいした現金収入ではないが、今日は全部売りきれるだろうか。昨日は、嫁だけ市場に行き、息子は豚小屋の修理をした。豚が逃げだして住宅街を走り回ったら大騒ぎになるだろう。豚屋の名前はますます有名になる。

昨日、アスパラガスは少し売れ残った。嫁が持ち帰ったら、息子が、年寄り夫婦だけで商いをしている魚屋の小父さんにやってくればよかったのに、といった。嫁は、でもこっちからそうすると、あの夫婦はかわりに必ず商売用の魚をくれようとするから、といった。

むこうが売れ残った魚をくれる時は、こっちも貰ってもらうのだけど……。

トキは、そうだ、そうだ、と嫁の言葉に頷いた。

いい嫁だ。昨日の会話をきいて、トキはひどく安心した。まだ三十六で、息子より三歳若いが、できた嫁だ。トキは満足だ。孫はどんどん大きくなるし、五頭の豚も元気だ。メス豚は三頭いるが、じき仔どもを産むだろう。忙しくなるし、賑やかになる。

産業道路が昼間、車の騒音で絶え間なくなってから、鶏が卵を産む数はめっきり減った。だからといって文句をいうつもりはない。家でも車は使っている。

兎は今月はじめ仔兎を六匹産んだ。母兎が自分の腹の毛を抜いて、口いっぱいに詰めこみはじめた時、トキはすぐオスを別の小屋に移した。母兎は、口いっぱいに詰めこんだ毛を敷きつめ、その上でお産をするのだ。とても賢い。生き物が赤ん坊を産み落す時は、いつも感心する。

早めにオスを移してよかった。オスが一緒にいると、メスはお産の後、ヒステリーを起こす。せっかく産んだ仔を嚙み殺すこともある。去年はそれであやうく失敗するところだった。気づいた時には産み落していた。でも今年はおかげで、仔兎は一匹を除いて順調だ。その一匹はひどく身体が小さかった。産れたばかりの時、五匹は丸まってひと固りで眠るのに、その一匹だけが弾きだされていた。その度に、トキは兄弟の中に押し込んでやった。育つ力がないとわかると、メスは乳をやろうとしなくなる。もしそんなことになって、衰弱して死ぬようなことにでもなったら、五年前に死んだ夫にすまない、とトキは思う。今の所、なんとか育ちそうだ。

その小屋は一メートル四方ほどあって、今トキの眼の前にある。鶏は昼は放し飼いだ。豚たちは裏庭の、墓地と反対側の奥にある頑丈な柵に一頭ずつ入れている。その他に猫が一匹いる。トキのように齢を取った猫だ。いつもならこの時刻、トキの膝に抱かれて、一緒に縁側でうたたねしたり、陽なたぼっこをしたりする。どこへ行ったのだろう。発情してオスでも探しに行ったのかもしれない。そんな元気があるなら、たいしたものだ、とトキはひとりで笑いが込みあげて仕方がない。あいかわらず車の騒音がひっきりなしに押し寄せてくる。トキは土塀の向うの車の流れを見て思う。自分は海炭市の市民だろうか。違う。市民ではあっても、そう自分で考えたことはない。海炭市で知っている場所は、市場とデパートぐらいなものだ。路面電車にも数えるほどしか乗ったことがなかった。

息子夫婦はまだ帰ってこない。戻ったら、一緒に食事をする。食事はトキが作る。そろそろ用意をしなければならない。うどんでも作ろう。

この二年間で、産業道路にはさまざまなものが建った。マンション、プール、銀行、その寮、広い駐車場を持った二階建てのパチンコ屋、ファミリー・レストラン、本屋、喫茶店、中古車センター、歯医者。数えあげたらきりがない。歯医者は歯科クリニックとプレートを張り、誰もがクリニックと耳ざわりのいい呼び方をする。オーディオ・センター、ずっと北へ行けばモーテルだ。だが映画館を作ろうという酔狂な人間はいないし、開店してすぐ店をたたむ者も多い。とにかく表通りには街にとって必要なもの、精神病院以外は次々と作られ、軽々しくあてこんで作ったものはすぐ姿を消す。そして表通りから一歩入れば住宅街になり、団地が何棟か建ち、海炭市の人々があっという間に押し寄せてきた。

そのうえ町名まで変った。産業道路沿いに南から中道、美原町、といった具合いだ。トキの家は美原町になってしまった。さらにそれは細かく分けられ、一丁目から八丁目まであり、彼女の所は二丁目だ。かつての村役場は市役所の支所になり、木造だった気象台はコンクリートの建物になった。小学校もだ。

しかし、彼女が知っているのは、縁側から見える風景と、工業団地だけだ。他には豚や鶏や兎や猫や畑の作物以外、何の興味もない。

こんな野原にしてしまってどうするのかねえ。

今朝、畑を見に工業団地へ息子夫婦の車で行った時、トキはそうつぶやいた。

さあな、そのうち潰れた喫茶店やパチンコ屋みたいに、野ざらしで終いじゃないか。

息子は興味もなさそうにいった。

青空市場を作るという話はきいたわ。

嫁はいった。

何だい、それは。

毎週、土曜とか金曜とか決めて、いろんなお店屋が品物を持ちこんで、大安売りをするとかいう噂だわ。

ずい分といい知恵をしぼったもんだ。

でも、とトキはいった。

それでどうするのかねえ。

息子は笑った。婆ちゃんは、豚の世話をしっかりやってくれればそれでいい。

息子のいうとおりだ。本当は牛がほしかったのだ。でも、豚を手に入れた時はうれしくて、その夜は夫に何度も抱かれた。小娘のようにトキはその夜のことを思いだした。太って、顎が二重になり、両の脇腹もだぶついた猫が姿を見せた。猫はゆっくりと縁側を歩いてトキの膝に乗った。これから、うどんを作るのだ、とトキは猫を撫ぜていった。猫は交尾でもした後のようにうっとりと眼をつむった。あたたかかった。

いいオス猫でも見つけたのかもしれない。

仔どもを産んでもいいぞ、まだまだ大丈夫だ、おれがめんどうを見るぞ。

トキは男言葉でいった。猫は静かに安心してトキに身をまかせきっていた。

4　夢みる力

二階のスタンド席からは海を見ることができた。それはオーロラビジョンや木立ちや家々のあいだに、せりあがるように輝いてみえた。空気は澄みきっている。土曜日で、客はそう多くはない。芝生はみごとに育ち、ここにいるかぎり、のどかな風景だった。このうえない競馬日和だ。これで、実際に眼の前を馬が走ったら、どれほどいいだろう。しかし、ここで馬が走るのは八月の最初の土・日からだ。あと三ヶ月もある。今、競馬は首都でおこなわれているのだ。そのあいだ海炭市の競馬場は、場外馬券売場になる。客はオーロラビジョンに写しだされる、馬体重、パドック、返し馬、オッズを眺めて馬券を買う。そうしてオーロラビジョンの内側で走る馬に一喜一憂するだけだ。そういえばさっき首都から来た飛行機が、海峡側から競馬場すれすれに飛んで行った。飛行機はとっくにローカル空港に到着しただろう。あれが飛んで来た先で、本物の競馬はおこなわれているのだ。

けれども、広一は海も飛行機も木立ちや芝生も心になかった。背広に、ネクタイをきちんとしめ、そのくせ顔には疲労が長年の寝不足のように滲んでいた。眼もうつろだった。どこから見ても、立派で有能な勤め人のようないでたちが、彼の表情とちぐはぐな印象を与えた。

まだ五レースしか馬券を買ってはいない。ところが気がついた時には、財布にはすでに五千円札一枚と小銭しか残っていなかった。他にあるものといったら、五枚のカードと、市内の公立高校卒業後、十七年勤めた電力会社の自分の名刺だけだ。クレジット、銀行、テレフォン・カード。あと二枚は、海炭市に四社ある大手のサラリーマン・ローンのカードだ。そんなものは、今、靴ベラの役にも立ちはしない。いったい、どんな馬券の買い方をしたのだろう。無我夢中で、どのレースにいくら注ぎ込んだのかも覚えていない。少なくとも三レースはそうだった。冷静になることだ。あとはないのだ。しかし、どうすれば冷静になることができるか。メインレースがはじまるまで残り二十分ある。彼は自分にいいきかせた。頭をひやすんだ。あせりは禁物だ。集中しろ。そういいきかせた尻から、だが五千円ではどうにもならない、と考えた。気力は萎えるばかりだ。

最初のレースがいけなかった。会社を午前中で終ると、その足でサラ金から八万円引きだした。それ以上は無理だった。会社もサラ金も繁華街のグリーンプラザの近くにあった。小公園では親子連れの子供たちが遊んでいた。デパートの角で予想紙を売っている老婆から、いつもの奴を買い、タクシーを拾ってここまできた。

そして最初のレースだ。心は勇んでいた。八枠の馬に人気は集中していたが、それまでの順調な上り調子から、広一も一着はそれで間違いない、と思った。ピンときた。荒れるレースではない。固くおさまるだろう。問題は二着にくる馬だ。悪くはない。五枠か、七枠。五—八なら配当は七百二十円だが、七—八なら六百八十円だ。三万賭ければ、どちらが来ても二十万になる。彼は迷った。一万五千円ずつ二点買おうとも思ったが、一気に二十万もうけたかった。そうすれば、督促状の来ているもう一社のサラ金に返金できる。とても足りないがひと息はつける。一点で勝負だ。元々、危い橋ではないか。

彼は窓口へ行き、わざわざ58番の所へ行って、五—八を三万買った。縁起をかついだのだ。

窓口の女は珍しく若い女だった。まだ二十代だろう。

——五—八、三万。

彼は声に力を込めていった。女は無表情に彼の言葉を繰り返し、指先でコンピューターを弾いた。その時、彼は気が変った。

——もう一万足してくれ。
——四万ですね。
念をおされた。ああ、と広一は頷いた。これで三十万近くになる。お確かめくださ
い、と若い女はやはり無表情なままいって、一枚の馬券を渡してくれた。彼はそれを財布にしまった。身体の奥底に熱い昂奮が満ち、確信どおりに五—八で決着がつくように願った。それから彼はひんやりとした通路を抜け、オーロラビジョンの一番良く見える二階の正面スタンドに行った。スタートまであと五分だった。彼はわくわくしながらも、じれったい気持だった。馬券を買い終えたあとは、五分間でも長すぎると感じられた。彼は煙草を吸い、オーロラビジョンに写しだされている次のレースのオッズを眺めた。左回り、芝、千八百メートル、四百万条件の平場戦、十頭立てだった。どれも、かんばしい成績の馬はいない。どの馬が勝っても不思議はなさそうだ。今、注ぎ込んだ四万が七倍になって返ってきたら、穴になりそうな所をねらってみよう。広一は、心地良い微風の吹く、清潔なスタンド席で予想紙を眺め、力量や調子やこれまでの成績を検討した。人気を背負いそうな馬は五歳馬で前回、特別戦を三着していた。しかし、それとても十四着、九着、十四着、そして三着といった成績だ。特別戦の三着はフロックかもしれない。いやその可能性のほうが大きい。過大な信頼は命とりになりかねない。

あれこれ考えると、広一はその瞬間だけ、充実した。家のことも仕事のこともサラリーマン・ローンの二百万円近い借金のことも心にはなかった。家は六年前、海炭市と合併した音江村のこぢんまりとした建売住宅を買った。産業道路沿いの工業団地より少し北へ行った美原町四丁目だ。あの辺は六年前はまだまだ田舎だった。新鮮な田舎。そうだ。彼の齢で電力会社勤めをし、ともかくも自分の家が持てるのは、まずまず、というところだった。いや、むしろ頑張ったほうだろう。——そうしたこと一切を、競馬場では彼は忘れることができた。

スタートの時間になった。内心、広一はもし五—八が来なかった場合のことを考えて、気持がひるんだ。だが来る、と念じた。一本勝負だ。自信はあった。彼はこんな具合いにして、この一年間、土・日には必ずここに足を運び、結局借金を作ってしまったことも、すっかり忘れていた。オーロラビジョンの中で、馬たちが輪乗りに入り、スターターが台にのぼる。広一の周囲の空気が張りつめ、多くの視線がオーロラビジョンに釘付けになる。馬は輪乗りをやめ、一頭ずつゲートに誘導される。無事八頭が入った。スタート。七枠の馬が多少出遅れた。一枠の馬が好スタートだ。広一はピンクと黄色の帽子を眼で追った。白の一枠が予想どおり逃げ、黄色は三番手だ。ピンクは中団につけている。素晴しいスピード。たてがみがなびき、尾が風にあおられる。このままでいい。上々だ。直線に入った。黄色とピンクの帽子は同じ位置どりだ。そのまま行けば、坂を越えたあたりで、白の一枠を抜きさって思いどおり五―八で決まるだろう。七枠の出遅れた馬はまだしんがりから三頭めだ。広一は坂越えのあたりから、小さな声で、黄色行け、黄色行け、と叫んだ。逃げた馬はあしいろが鈍り、八枠のピンクがあっという間に抜きさった。鞭も一、二度入っただけだ。あの分なら八枠の頭は固い。あと百五十メートルだ。五枠が二番手についた。五―八だ。そのまま、そのまま、と広一は叫んだ。彼の頭にはすでに、楽々と黄色とピンクの帽子がゴール板を過ぎる姿が浮んだ。やった。ねらいどおりだ。胸がたかなった。激しい動悸。めまいのような恍惚感。何ごとにも替えがたい一瞬だ。あと五十メートルだ。その時、場内がどよめいた。出遅れた七枠の橙色の帽子がじわじわせまり、黄色の五枠に並びかけた。まだ一馬身差だ。そのまま、と広一は大声を張りあげた。スタンドの左手から、抜け、抜け、七―八、七―八、と太い叫び声が届いた。八枠はすでに二馬身差で、先頭を切っている。しっかりしろ、と広一はオーロラビジョンに叫んだ。だが差は縮まる一方だ。いよいよゴールだ。八枠のピンクが駆け抜ける。七枠の騎手はびしびし鞭を使って追う。差された。彼は一瞬、眼をつむった。差しかえせ、と無駄に思った。眼をあけた時、広一はすべて悟った。頭差で七枠の馬がゴール板を過ぎるのが、しっかりと脳裡に焼きついた。

あのレースで広一は度を失ったのだ。一点買いの勝負に出て、一着、三着を食った時こそ、自分を押える必要がある。ツキや勘が半分しかない証拠なのだ。そんな時は次のひとレースぐらい休むべきだった。百も承知だ。

競馬場にひとりで通いだしてからは一年だが、その前は女房ともよく来た。結婚したばかりの頃も、娘が生れてからも。今の、産業道路沿いのささやかな建売住宅を買った前後には、もっとも頻繁に通った。六年前だから二十九歳だ。娘が一歳になる時だった。まだ、産業道路に畑もたんぼもあちこち残っていた。子供を育てるには、環境が良くて、女房はそれを一番喜んだ。広一もだった。あの頃は、競馬場に来るといったら、女房はピクニック気分だったものだ。そして一点勝負をしても、使う金はせいぜいが千円どまりだった。それで満足だった。

通算すると、競馬歴は八、九年、いや、かれこれ十年にもなるのだ。どんな時に、勝負に出るか、冷静になるべきか充分に知っているつもりだった。

しかし広一は、場内の歓声や失望の声が入り混ったどよめき、そしてただの一枚の紙切れになってしまった四万円の馬券を握りしめて、完全に自分を見失っていた。わざわざ縁起をかついで58番の窓口で買ったのだ。それは何分か後には、三十万円になるはずだった。彼は熱くなった。際限もなく思いはふくらむ。その三十万を元にして、次のレースに賭け、うまく行けば、今、彼がかかえている借金などすぐ返済できたろう。もしも、もしもあとほんのわずかのところで、五枠の馬が差されなければ。そうして、もしも次のレースでもみごとに予想が的中すれば。広一にとっては、もしもの方にしか、現実はなかった。

それを彼はこの一年間、続けたのだ。そして実際に思いどおりになったことも幾度かある。もしも、が現実になって、五十万円借りたサラリーマン・ローンをすべて返済し、それでも二十万残ったこともある。

その時のことを思えば、八万円が四万円に減ったからといって、何ほどのことがあるだろう。チャンスは次のレースにもあるのだ。広一は次の四百万条件のレースで、ダートの未勝利を勝ちあがったばかりの馬にねらいを定めた。典型的なダート馬で、やっと一勝をあげたばかりだ。芝の千八百メートルでは人気になるはずがない。他の馬たちとて、かんばしい成績でも、素晴しい素質を秘めているわけでもない。しかし、とっくに未勝利を脱していたし、芝でばかり走っていた。

だからこそ、と広一は考えた。このダート馬の上り調子の一発に賭けてみる手だ。この馬にとっても、チャンスはたぶんこのレースしかないに違いない。そうでなければ、わざわざ芝のレースに出走してくるはずがない。広一は、その時はまだ集中する力を残していた。彼は慎重を期して、三枠のダート馬から、めぼしい枠へ三千円ずつ五点流して買った。どれが来ても、四十倍から、最高八十倍の配当だ。三千円買えば、

十二、三万から二十五、六万にはなる。
ところがどうだ。広一のねらった馬は最初から最後まで、しんがりだった。あきらかに芝のレースでのスピードについていけなかった。スタート直後から、広一にはすぐそれがわかった。馬はあっぷあっぷし、オーロラビジョンには、最後方を行く姿が一度、写ったきりだった。ゴール板を過ぎてしまえば着順は予想紙どおりだった。それでも人気は割れていたので、配当は千円代になった。広一の周囲にいた男たちが、おいしい馬券だった、これで千円つけば文句なしだ、といいあっていた。その男の予想紙は広一の持っているのと同じものだった。

いまや、広一は完璧に見はなされてしまった。運もツキもひらめきも、なにひとつなかった。想像力すらなかった。とるに足りない夢でさえ、消えかけていた。けれど広一は、そんな自分を認めなかった。まだ次のレースがあるのだ。

それから彼は何に賭けたのだろう。何を思い、何を買ったのだろう。

メインレースまであと十五分だ。最後の五千円をどう使うか。出馬表を見ても、彼はただ、ぼんやり眺めているばかりだ。気分を変えよう。広一はスタンド席から立ちあがり、階段を降りた。下へ行くにつれ、家並みがせりあがり、海は姿を消した。右手に折れる。小高い山が視界に広がる。子供の頃から見続けてきた山だ。この街にいる人間は、どうしたところで、あの山の姿と自分を切り離すことはできない。客の数はだいぶ減った。前売りの馬券だけ買って帰る者も多い。メインレースだけやる者もいる。

かつては広一も、八月から二ヶ月間、実際にここでレースが開催される時だけ来て、女房と娘の理恵とで、一日を過ごした。場外馬券売場にしかならない、今の季節には、前の晩予想したレースを前売りで買って、家へ戻り、テレビ観戦することが多かった。そんな時は、女房も一緒になって予想をし、二百円、三百円と賭けて、ただ愉しんだ。当った馬券はしばらく取っておき、まとめて金に換えた。それでも、一万や二万になることがあって、それは娘と三人の食事代になったりした。なんという、つつましさだ。広一はその手のつつましさを軽蔑したわけではない、そんなことは一度もない、と思った。

食堂のレンガ色の建物があり、その左手は子供の遊び場だ。土曜で客は少ないが、何組かの親子連れがいた。子供たちは遊具や砂場で遊び、夫は予想紙を眺め、妻はベンチに坐って子供を見守っていたりする。そんな夫婦が七、八組いる。どれも、広一と同じ齢頃か、それより少し若い夫婦者ばかりだ。服装も清潔で、そうしたものの中から彼らの日常が手に取るように見える気がした。

広一は遊び場の傍らのベンチのひとつに腰かけた。さて、メインレースはどうしたものか。その時、広一は何年か前、自分たちもここにいて、珍しく女房が大穴を的中させた時のことを思いだした。といっても、彼女は百円買っただけだが。彼女はそれを名前で買ったのだ。確か、グランパスドリームという名前の馬だった。全くの無印だったが、一着に突っ込んだ。配当はいくらだったか。女房はその馬を、自分の父親にちなんで買ったのだ。お爺ちゃんの夢だもの、と彼女はいった。女房の父は、昔ながらの小さな雑貨屋を営んでいた。ところが近所に、日曜大工の大手のホームセンターができて、店をたたんだ。義父は仕方なさそうに、愚痴もいわず、時代だよ、とだけ口にした。あの口調は忘れない。

今、広一が住んでいる産業道路沿いでもそのとおりだ。ファミリーレストランが一軒できれば、元からの食堂は姿を消す。

——お爺ちゃんの夢、って何だろうな。

あの時彼は女房にきいた。

——さあ。理恵が早く大きくなることなんかじゃないかしら。そんなところだと思うわ。

きっと女房にもわからなかったのだ。

——あんたはどうなの。

——俺？　考えたこともなかったよ。

——お爺ちゃんもそうなのかもしれないわ。

そうしてみごとにグランパスドリームが一着に入った時、女房は飛びあがるみたいにして喜んだ。お爺ちゃんの夢が叶ったわ、といって。彼女はそれを百円ずつ総流しし、おまけに単勝と複勝まで買っていた。確かあれは金に替えなかった。記念にとっておくわ、と彼女はいった。今でも、家に帰ればあるだろう。

広一はベンチで予想紙をひらき、引退したグランパスドリームの仔でも出ていないかと探した。いるはずがない。初仔はやっと二歳馬になったばかりで、デビューするのは来年の夏だ。今から評判になっている。きっといい成績を残すだろう。

あんな買い方をしても競馬は当るのだ。今日の俺は、攻めるつもりで、守りに入っていた。今日ばかりではない。この一年間そうだった。自分を守るためにここに通い続けてきた。その結果が二百万の借金だ。それをどうするか。どんな方法もない。月々の給料から払うしかない。返済できない額ではないはずだ。女房の父のように地道でありさえすれば。一から、やり直す気がありさえすれば。広一は、自分は競馬で足腰立たなくなるほど破滅するほどの器ではない、と考えた。だからこそ、督促状が来はじめ、女房に問いつめられて、競馬だ、と白状した時、彼女は沈黙し、そのあと静かな声でいったのだ。

——あんたは気が狂ったんだわ。

そうだ。きっちり一年間、狂った。もういい。疲れた。

――競馬だとわかっていたわ。

広一は黙っていた。いうべき言葉などあるはずがない。

――甘く見ないでよ。

女房はいった。

――離婚なんてしませんからね。あんたが競馬に狂ったぐらいで。

女房は笑おうとして、口元をひきつらせた。

――あんたみたいな人は、この海炭市に何十人だっているわ。あたしは驚かないわよ。泣きもしないわよ。

そういってから彼女は声もあげずに涙をこぼした。とことん、やってみるといいわ。

メインレースまで残り八分になった。遊び場にいる父親たちが、立ちあがって馬券を買いに行く。黙って行く者もいるし、妻に声をかけて行く者もいる。

広一も、おもむろに立ちあがった。馬券売場のほうへ歩いた。途中で予想紙を捨てた。俺は何歳だ。胸の内で自分にいった。三十五だ。自分で答えた。俺にどんな夢がある。まるで何もないわけではないさ。たとえ今日、また督促状が舞い込んだとしても。

あの産業道路のまだ田舎じみた場所に、思いきって、一軒の建売住宅を買った。今ではどんどん変って、もう田舎とはとても呼べない。土地も値上りし続けた。俺たちは本当に最初の頃に、あの田舎に建売住宅を買ったのだ。そうして、それを誰も笑うことはできない。二十九でささやかな家を持つことを。あの時、女房の父は幾らか援助しようか、といった。断った。断るだけの力が気持にあった。そうか、そのほうがいい、余計なことをいったね、広一さん、と義父は微笑んでいってくれた。いってくれたのだ。誰も踏みにじることはできない。それをしてしまったのは他ならない俺だ。でもそれだって、女房がいったように、とことん、というわけではない。

グランパスドリーム。義父の夢。店をたたんでからは義母と、つつましく生活していた。まだ五千円残っている。すてたものではない。窓口が近づく。男たちが馬券を買っている。列は短い。小博打で、どうにかなる人生なんてものはどこにもない。そんなことは俺だって知っている。だが一年前、不意にやってみたくなったのだ。五百円や千円買って適当に遊ぶのをやめたくなった。いいわけはできない。義父は去年の春、肺炎で亡くなった。七十一だった。シャッターを降したままになっている元の雑貨屋の店で、義母は暮している。俺の両親は健在だ。義父の夢はわからずじまいだ。近くに、大手のホームセンターができたから、義父は敗けたというのでもない。今日、家に帰ったら、グランパスドリームから総流しした百円ずつの馬券を捜してみよう。

広一は窓口に立った。

――五―五、五千。

広一は張りのある声でいった。義父が肺炎で静かに息をひきとった日だ。外れたら、家まで歩いて帰る。たっぷり三十分はかかるだろう。いや、もっとかもしれない。それでいい。ホームセンターのおかげで店をやめ、わからずじまいの義父の夢に、最後の五千円を賭ける。女房には何もいわない。いう必要もない。黙っていても督促状は来る。明日のことも今は考えない。

――ごお、ごお、が五千円ですね。

窓口の女がきき返す。広一は、ああ、と頷いた。

5　昴った夜

レストランからは、清潔で明るい空港のロビーをすべて見渡すことができた。首都へ向けて出発する最終便まで、あと一時間十五分足らずだ。信子はレジに立って、いつもながらの夜の気配が濃く漂いはじめたロビーを眺めた。最終便を待つ客は少ない。やはり昼のほうがにぎわう。それに観光のシーズン・オフだ。エスカレーターをのぼって来る中年の男女。ソファに腰かけ、地味な背広を着たビジネスマンは、膝にアタッシェケースを置き、その上に書類をひろげて、眼を落している。手持ち無沙汰なようだ。時々、腕時計を見たり、夜の窓に視線をやったりで、それほど熱心ではない。窓際の壁に背をもたせて、電話をかけている二十代半ばの女。快活によく動く口と、テーラードカラーの白のブラウス。グレーのタイトスカートに、爪は青いマニキュアが塗ってある。男たちの視線が集中するのを充分意識した表情だ。でもそれはさりげない。だから余計眼を惹く。相手は誰だろう。ずいぶん、長電話だ。十二、三分は話している。たぶん男だろう。首都のだろうか。女が海炭市住いでないことは、全体の雰囲気から信子にはわかる。男の視線をあんなに上手に惹きつけることのできる若い女は、この街では滅多に見かけない。でも出身はきっとこの街だ。首都行きの最終便を待ちながら、おそらくここに住んでいる男友達と話しこんでいるに違いない。

あと数年で信子もああなる。私立のカソリックの女子高校を中退してこの一年、毎日、毎日、ロビーを眺めてきた。来年、遅くとも次の年には、必ずこの退屈な街とさよならして、首都へ行く。そしてあの女のようになる。大人の女になる。今は化粧もおぼえたてだし、マニキュアは支配人に禁止されている。どんなことがあっても、この街を出て行くのだ。

酒も飲まず賭け事もせず、どんなささやかな失敗も自分には許されてはいない、とでも信じているような父。父にとって、この世でもっとも大事なものは世間体だ。信子はよく知っているつもりだ。父は小学校の教頭をしている。おそらく校長にはなれずに教員生活を終えるだろう。信子が族の連中と一緒にパクられて、高校を退学処分になった時、父が一番気にしたのは周囲の眼差しだ。教員の娘がとんでもない恥さらしだ、というわけだ。そのくせ娘を殴ることもできない。

あの時、父は、他の私立の女子高校を受け直したらどうか、といった。厭だよ、学校なんか、と男の子みたいに怒鳴ってやったら、それでおしまいだった。母は口だしもしなかった。沈黙して、父のいうことならすべて、はい、はい、と頷いてさえいれば、立派な女だとでも思っているのかもしれない。退学させられて二ヶ月ぶらぶらしたあと、ここに就職した。その月に、産業道路の墓地公園寄りにある父の教員住宅を出て、同じ美原町五丁目のこざっぱりとしたひと間きりのアパートを借りた。それ以来、一丁目しか違わない父の家には帰っていない。時々、母だけがやって来る。何を好きこのんで、とそのたびに嘆く。どんな不自由もさせては来なかったつもりだ、というう。先週、母がやって来た時、一、二年後には首都へ行くつもりだ、と信子は告げた。

母はつくづくあきれたような顔をし、あんたは、といった。

——ろくでもない娘になったわね。

そして、こんなに我儘に育てたあたしたちがいけないのだろうね、といった。信子は、あたしが好きで行きたいの、それだけよ、母さんが悪いわけじゃないわ、といった。

——もう、たくさん。勝手なことをどんどんやりなさい。

母は深々と溜息をついて、教員住宅に帰ってしまった。

あの女が電話から離れる。窓際に沿って、ゆっくりとした自信に満ちた足取りで、レストランと反対方向へ歩いて行く。ロビーにいる客は二十人ほどだ。何人かの男たちが彼女に視線を走らせる。彼女は背中でそれを充分に感じ取っているようで、背すじをピンとのばしている。首都へ行って……。さて、どうしたらあの女の人のようになれるのか。いや、行ってみればわかる。たぶん、なんとかなるのだ。たとえならなくとも、ここにいるよりはずっとましに違いない。とにかく、あたしは若いのだ。街を出て行く時はここから空を飛んで行く。一時間と十五分で着いてしまう。女は、背の高い観葉植物の鉢の向うのソファに坐った。信子の視界から消えてしまった。

同僚の咲子がカウンターでナプキンをたたんでいる。信子より五歳上だ。ウェイトレスはもうひとりいたが、今日は風邪をひいたとかで休んでいる。支配人は調理場でコック長と話をしている。調理場には他に見習いのコックがふたりいる。ふたりとも咲子と同じぐらいの齢だ。

さして広くもない店だから、ウェイトレスは三人でも、お昼のランチタイム以外は何とかこなせた。それでも、今日のようにひとり休むと、ひどく疲れる。支配人にもうひとりウェイトレスを入れてくれるように頼んでいた。わかっている、少しのあいだ辛抱してくれ、というだけで、求人広告は出していないようだ。

今、店に客はいない。ロビーの窓の外に広がっている夜は、晴れている。空気に触れたらきっと気持がいいだろう。それに、と信子は思った。今夜、族の仲間と車やオートバイを連ねて、産業道路を突っ走ったら、それだけで気分がすかっとするだろう。

今日は、朝からそわそわしっぱなしだった。いや、昨夜、潤一から連絡が入ってからずっとだ。おかげで今朝はいくらか寝不足だった。なにしろ、族の仲間と一緒に、市街地へ繰りだすのは、今年はじめてなのだ。冬のあいだは雪が降って、できない。冬眠、と信子は呼んでいる。春から夏は自分たちの季節だ。今夜走ったら最高の気分だろう。彼女は潤一のオートバイの後ろに乗る。潤一は十九で、今年いっぱいで族をあがるといっている。あたしも、来年であがる。何年も続けるほど価値のあることではない。潤一はビデオのレンタルショップの店員だ。族と縁が切れても店員はやめない、と話していた。土地の地回りになってしまう者もいる。昨夜、電話でそんな話をした。

五年勤めて主任になるのだ、と潤一は話した。信子はどうするつもりなのか、ときかれた。

——あたし？　そりゃ、この街を出て行くわ。

——出て行ってどうするんだよ。

返答に困った。あてなどないのだ。確かな目的も持ちあわせていない。それでも、月々の給料から少しずつ貯金をし、ボーナスもそっくり貯め、首都に出てすぐ困ったりしないように、最低の準備はするつもりだ。そう話した。潤一は、まあ元気でやればいいさ、といった。そんな先の話をしていると、ひどく年寄りじみたような気がした。それで信子は話をかえて、集合場所はどこなのか、とたずねた。大原野町の炭鉱の跡地、と潤一はいった。去年はほとんど工業団地だった。車が十五台、オートバイは二十台ほどだ。それから産業道路を北西に突っ走って、流通センターの角から、ガス会社の方へ曲り、そのまま路面電車の通りを走り、JRの駅のロータリーに出る。そこを占領してしまうのだ。思うぞんぶん乗り回し、野次馬の熱い注目や喚声を浴びる。それを思うだけで気持が昂りそうになる。いつものことだが、ロータリーでは、ガードレールの向うに野次馬が鈴なりになる。警察が姿を見せると、喜ぶのは野次馬だった。彼らはガードレールの向うで、はやしたて、面白がり、八割はこっちの味方をする。四、五台のパトカーに追いかけられながら、繁華街を真っすぐ海岸通りまで走り抜け、それから海沿いにまた産業道路の南端へ出る。まだ警察が追って来るようなら、信子の勤める空港へ行く道と産業道路と、ふた手にわかれる。空港まで来てしまえば行きどまりだ。その前にまたふた手に分かれる。たいてい警察をまいてしまうことができる。向うもあきらめる。それから、もう一度、大原野町に集合するのだ。それを想像するだけで、今日一日、咲子とふたりだけで働いた疲れもどこかへ行ってしまう気がする。

でも、今日は本当に疲れた。カウンターの中でナプキンをたたみ終えた咲子が、早く帰りたいわ、とぼやいた。信子は上の空で、今さっき、あの女が姿をかくすように坐った観葉植物のほうをぼんやりと見ていた。搭乗手続きを終えた客がそろそろエスカレーターをのぼって、ロビーに集まりはじめた。

「客がたてこまないといいわね。もうくたくたよ」

咲子がひとりごとのようにいった。信子はまだぼんやりとしている。

「ノブちゃん」

声を強めて咲子がいった。

「え」

信子は緑の制服に白いエプロンをしめた咲子のほうを見た。

「今日は朝からおかしいわよ」

「そうかしら」

「とぼけてるわね。何かいいことでもあるの」

「なあんにも」

午前中、一度、グラスを割った。ランチタイムの時は二度、注文を間違えた。土産物屋の女子店員が食事に来ていて、ノブちゃんにしては珍しいわね、とひやかされた。実際そうだった。信子が客の注文を間違えるのは半年に一度、あるかないかだった。それが今日は二度も続いた。二度目の時は支配人に、ぼやぼやしないで、と鋭い眼つきで叱られた。そのあと咲子が近寄って来て、小声で、生理じゃない？　ときいた。

まさか今夜の話はできなかった。違います、とおどけて答えた。

今夜、大原野町から産業道路を突っ走ったら、教員住宅にいる父の耳に車やバイクの音が届くだろうか。あの辺は夜は本当に静まりかえってしまうから、しっかり聞こえるかもしれない。入り乱れる音の中に、ひとり娘がいるのを、父は感じとるだろうか。

調理場から、黒のスーツを着た支配人がでて来た。客のいない店を眺め、珍しいな、まだ夕食の時間帯なのに、といった。そろそろ、何人か来るんじゃないかしら、と咲子が答えた。

「適当に店じまいの用意もしてくれ」

「あの」

咲子がおずおずした口調でいった。

「なんだい」

「ウェイトレスの件ですけど」

すると支配人は予想でもしていたように、またその話か、といった表情になった。眉をしかめ、わかっている、まかせておきなさい、と先回りしていった。

とてもあてになどできない。確かに、夏の観光シーズンにでもなれば、バイトぐらい雇うだろう。けれどそれまでは、ウェイトレス三人でしのがせるつもりだ。みえすいている。三十六歳のコック長より六歳も齢下の支配人はやり手だ。彼に先を越されてそういわれると、信子も咲子もそれ以上、しつこくいう気にはなれない。

　その時だった。ロビーで何かいい争う声が聞こえた。喧嘩だろうか。信子は入口に行って声のほうを見た。咲子と支配人もやって来、搭乗を待つロビーの客たちも振り返って、いい争う声のほうを注視していた。顔見知りの土産物屋の店員も眺めていた。

　声の主たちはエスカレーターをあがりきった所にいた。三十代後半ぐらいの男と同じ齢ぐらいの女。夫婦だろう。それに小学生ぐらいの男の子供がふたり。最初夫婦でいい争っているのかと思ったが違った。ふたりとも喪服を着、疲れきった表情をしている。その背後に、普段着の老人夫婦が、おろおろしてつきまとっていた。ずいぶんと奇妙な光景だ。喪服を着た夫婦と老人たち。

「帰ったほうがいいぞ」

　喪服の男が、叫んだ。

「おまえに怒鳴ったんじゃないんだ」

　老人がいった。頭は白髪で、痩せ細っていた。齢は幾つぐらいだろう。七十は越えていそうだ。信子の父より二十歳は上だ。喪服の男の父親のようだった。

　いったい、何事だというのだろう。

「それじゃ、誰に怒鳴ったんだ。お袋にか。許さんぞ」

喪服の男の声は断固とし、昂った感情が押えきれずにあふれていた。

「あたしが悪いのだから、このまま飛行機に乗らないで、一度、家に帰って……」

老婆が、喪服を着た男の妻の腕にとりすがって、しどろもどろで懇願していた。中年の奥さんは、しかし、無表情だった。ロビーにいる客や土産物屋の女子店員たちに見つめられて、小学生の子供たちだけが困惑していた。

「お袋が何をいったというんだ。何故、道端で、あんなふうに怒鳴る必要があるんだ。考えてもみろ」

「あんた」

奥さんが、昂奮した男にいった。男が自分の女房を見た。口を噤んだ。

ロビー中の空気が緊張したように感じられた。土産物屋の女子店員が信子たちのほうへ、にやにや笑いかけてきた。

「みっともない。いい齢をして、親子喧嘩だ」

支配人はいった。

「お葬式の帰りかしら」

同僚の咲子が、隣りの信子を見ていった。

「いろんな親子があるものだ」

はきすてるように支配人がつぶやく。葬式の帰りだとしたら、いったい誰のだろう。

両親はああして健在だ。喪服の男の兄弟か、親戚の誰かだろうか。どっちにしても、のっぴきならないことになっているのは確かだった。それに男の言葉には首都のアクセントがあった。喪服を着て、首都からやって来、老母の頼みも聞き入れずに、最終便で首都に戻るのだろうと、信子にはわかった。

「お願いだから、家へ帰っておくれ。一日、二日、休んでいってちょうだい」

老母が奥さんのほうに頭を下げていた。

「帰ります。もうたくさんです」

男の奥さんがよく透るきっぱりとした、落着いた声をだした。

この街を本当に出て行ったらあたしはどうなるのだろう。信子は何故か動悸がした。さっき電話をかけていたテーラードカラーのブラウスを着た女の人も、書類に眼をやっていたビジネスマンも、首都の人間なのだ。その大都市の現実が、急に入り組んで奇妙にふくらむのを信子は感じた。

「俺たちは帰るから」

喪服の男も昂った声を静めて、白髪の老人にいった。しかし、あたり中静まり返ったロビーでは、その声は、はっきりと聞きとれた。

「母さん、身体に気をつけてな。何かあったら知らせてくれ。すぐ来る。すまなかった」

「わかった」と白髪の老人は答えた。声はしっかりしていた。

「お金はあるのかい」

老母が喪服の奥さんにきく。

「あります」

「わしらも帰ろう。向うに行っても身体に気をつけろ」

「親父もだぞ」

喪服の奥さんは眼を伏せ、憔悴しきったように口を噤んでいる。周囲の視線にも気がつかないようだ。

「やれやれ、これでおしまいだ」

薄ら笑いを浮べて支配人はいった。彼は背中を見せて店に戻った。もう関心はない、といったふうだった。

「本当に何があったっていうのかしらね。きっと、あの齢とったほうの両親はあとからここまで追いかけて来たのね。空港じゃ、いろんな人を見るわ」

同僚の咲子は半分わかりきったことをいった。そして、葬儀の時は普段のその人がそっくり出るらしいわ、と喋った。信子は返辞をしなかった。なんだか皮膚がピリピリほてってしまった。あたしだって、両親を乱暴な言葉で平気で罵ったりもした。それで何もいわなくなった父を軽蔑し、母にうんざりし、勝ち誇ったような気持にもなった。今の光景はあっけない幕切れになったけれど、どちらもせっぱつまっていた。抜きさしもならない場所。信子はそれを想像してみたが、見当もつかない。

老人夫婦は下りのエスカレーターで姿を消した。老婆は手放しで泣き、なにもこんな時に、なにもこんな時に、とつぶやいていた。十メートルほども離れているのに、信子の耳にはその言葉がいつまでも残っていた。ロビーにいた人々の視線も、この春の珍事から離れた。今の出来事なのに誰もが忘れてしまったようだ。彼女は今年はじめての族の集会のこともその時心になかった。

土産物屋の女子店員も店に消え、信子も支配人や咲子のあとに続いて店内に戻った。すると、その時、店に誰かが入って来た。振り返ると、思いがけず、今の喪服の親子連れだった。まるでこの海炭市で行き場所はここしかない、といったふうで、喪服の男は唇をしっかり結んでいる。親子連れは線香の匂いを身体中にまといつかせ、それは信子の鼻孔を敏感に刺激した。とっさに、いらっしゃいませ、と信子は少し緊張した声でいった。支配人も咲子も幾分、驚いたように口をそろえた。

親子連れは、ちょうど十あるボックス席の中ほどに坐った。ぼそぼそと、喪服の男が妻に何事か話しかけている。しかし彼女は虚脱したように、頷きも首を振りもしない。ふたりの男の子たちは、両親の前で表情を固くしている。

支配人が信子に片手をあげ、自分がやるから、と合図してきた。彼はメニューと水の入った四箇のグラスをのせたトレイを持って、カウンターを出た。しっかりした足取り。じき搭乗時間だ。さっきの線香のむせるような匂いを思いだす。あの匂いを飛行機に持ち込み、そして信子がぼんやり夢みがちに思うあの大都市まで持ち帰るのだ。テーラードカラーのさっきの女のような人があふれているに違いない、あの都市へ。

支配人が、姿勢良くグラスを置き、メニューをさしだす。喪服の男が受け取る。何も食べたくないわ、と奥さんの声が聞こえた。男の子たちは、それでも、プリン、と口々にいう。

「ビールとプリン、ふたつ」

喪服の男が顔をあげて、メニューも見ずに注文した。その人も長いあいだ泣き続けていたに違いない。眼がひどく充血していた。

「かしこまりました」

支配人が頭を下げ、戻って来た。

ビールとプリンは信子が運んだ。黙ってテーブルに置いた。この親子、そしてさっきの両親に、何が起ったのか理解できない。しかしそれは、信子が十八歳だからというわけではなかった。

喪服の男は、まるで労働のように、ビールを口に運ぶ。奥さんはただテーブルに眼を伏せている。

この人達が最終便の飛行機に乗ったら店じまいだ。今夜は族の連中と派手に繰り出す。今年で族をあがり、ビデオのレンタルショップの店員になりきってしまう潤一の、オートバイの後ろで、奇声を張りあげる。一、二年後には首都へ行く。あの女の人のようになる。でも、それらは本当のことだろうか。父と母のことを考えた。教員住宅。彼女はまぎれもなく十八歳の少女である。首都へ行く、ともう一度、思ってみる。でも、たったこの今、それは何年も、何十年も先のことのような気がしてならない。

6　黒い森

夕暮れの産業道路は、車が一番混雑する時間帯だった。この二、三年、とりわけそうだ。昼間はおもに、砂利や木材を積んだダンプカーやミキサー車などの大型の車が多い。それが夕方になると、通勤帰りの乗用車が圧倒的に数をしめる。ちょっとしたベッド・タウンといったふうだった。道沿いは軒なみ、都会風のこざっぱりとした商店やレストランやチェーン店の大きな蕎麦屋やファミリーマートや郊外パチンコ店が並ぶ。それらの店のどれもがほとんど専用の駐車場を持っている。明らかに繁華街のある原市場町や古新開町とはおもむきが違っていた。建物はほとんど首都にあるものを真似たような作りで、経営者たちも他の住人も、いずれはここら一帯が新しい市街地になるのだ、と幾分誇らし気に思っているようだ。事実、そうなるだろう。産業道路の最北西には、今年二月に流通センターができた。そう広い場所ではないが、ただの野原同然の工業団地と違い、衣料や食料品の倉庫がばたばた建った。それに、いよいよ首都の大手のデパートが、流通センターの手前の押上町に進出することにきまった。工事は今月の末からだそうだ。駐車場のスペースは二百台分もあるという話だ。仮りに商売上の採算がとれない場合も考えた上での、土地の確保だと、もっぱら人々は噂していた。さすがに抜かりはない、と。それだけの土地があれば、他に幾らでも利用することが可能だ。けれど進出に失敗することはまずないだろう。この辺に移り住んだ住人は、もうあの繁華街までわざわざ出向かなくてすむ。繁華街にパーキングビルがもっと増えたとしても、とうていたちうちできまい。産業道路では、小さな本屋でさえ、三台や四台の車を置くスペースを用意しているのだ。

もともと海炭市は、人が住みはじめて百三十一年の歴史しかない。その頃は、山裾の税関前あたりが繁華街だった。それが、駅と桟橋ができた頃から、古新開町一帯が繁華街にとってかわり、今ではそこも古くなりつつある街というわけだ。新聞の地方版は、変遷する海炭市の歴史、という特集を、このところ連日組んでいる。

しかし、隆三にとってはそんなことはどうでもよかった。妻の春代をどうにかしてあの店からやめさせなければならない。でなければ、自分の我慢の限界はじき堰を切ってしまうだろう。彼は夕方の混雑したバスの中で、そのために何をすべきか思いあぐねた。いい考えはひとつもない。今までも散々、口で注意してきた。二度ほど殴ったこともある。けれども、春代は高校時代の女友達がやっている古新開町の飲み屋勤めを、やめようとしない。

最初は、息子の勉のためにも、八畳と六畳のアパート住いをやめてマンションを買いたいといいだした。自分たちの理想の快適な暮しのためでもある。反対する理由はなかった。

市の職員とはいえ、阿賀町の運動公園の中にある、小規模のプラネタリウムに勤める彼の給料では、月々の生活で手いっぱいだ。息子が首都の大学へ進むための貯金もしなければならない。プラネタリウムに勤める前は、海岸通りにある製網会社の事務員をしていた。九年前だ。途中でプラネタリウムに勤めたのだから、退職金の前借りなどできない。それに古くからの女友達の店だというから、賛成もしたのだ。そうしてすでに一年になる。

バスはそろそろ、彼の下車する美原町八丁目の停留所に近づいている。ひどい渋滞で苛々した。運転手もそうらしく、客あたりにめだたない棘を含んでいるのがわかる。ちょっとしたことでクラクションを鳴らすし、ハンドルさばきも乱暴だ。

飲み屋に勤めてから、春代は時々ひどく酔っぱらって帰宅したり、店はとっくに終ったはずなのに、夜中の二時、三時まで帰って来ないこともあった。その程度なら見逃すこともできた。ところが、この三ヶ月ほど、月に二、三度、外泊するようになった。最初のうちは、今夜は店に泊って友達の相談にのるなどと電話を寄こした。それが今では、店に電話をするのはこっちのほうだ。ママさんをやっている女友達が出て、ずいぶん奥さん孝行じゃない、などと、からかい半分でとぼける。ふざけた話だ。電話をするたびに、今夜は新しく店に入った女の人の所に泊るそうよ、とか、奥さんだって少しははめを外したい時もあるんじゃないかしら、などとみえすいた嘘を平然としていう。彼が腹を立てて、とにかく女房を出してもらいたい、というと、彼女だって今が女盛りよ、この商売に入れたからには御主人だって多少の覚悟は承知の上と思っていたわ、と答えた。

外泊するのはたいがい土曜日ときまっている。運動公園のたくさんのアスレチックに囲まれた中に建っているプラネタリウムは、月曜が休館だ。三度目に外泊した時には見逃すわけにはいかないと決心した。息子の勉が高校へ出かけたあと、休暇の電話を公園の事務所に入れ、春代の帰宅を待って詰問した。のらりくらりと話をかわすので、思わず殴った。結婚してはじめてだった。春代はひどい形相でくってかかってきた。

——四十にもなって、男狂いか。

——男だなんて、どこの誰がいったのよ。

——とぼけるのもいいかげんにしろ。そんなことぐらい、わからないはずがないだろう。

――冗談じゃないわよ、みっともない。子供相手に贋物の星ばかり見せているから、そんなありもしないことを考えるんだわ。

――プラネタリウムはいい仕事だ。とにかく二度と外泊するな。いいか、今度、こんなことがあったらただですまさないぞ。

彼はきつくいい捨てて、日進町の郊外パチンコ屋へ行った。

それからしばらく、春代は十二時半にはきちっと帰って来るようになった。しかし、それも長くは続かなかった。

バスは美原町八丁目の停留所で止った。彼は運転手に定期を見せ、六月の路上に降りたった。初夏だが、暑くもないし、湿気も少ない。海炭市の夏は遅い。七月末でも海では泳ぐことはできない。三方が海に囲まれているのに、海水浴は八月の三週間だけだ。それもどうかすると焚火が必要な時さえある。

夕暮れが急速に迫っていた。停留所の名前は美原町八丁目だが、実際は日進町だ。隆三のアパートは、オートバックスの店の横道を、墓地公園のほうへ七、八分歩いた所にある。表通りはにぎやかとはいえ、ゆるい勾配の坂道をのぼって行くと、周囲は急に田舎じみてくる。それでも、五年前、ここに越した時からみれば、様々、変った。その頃には、新築のアパートも少なかったし、道も舗装されてはいなかった。バスの本数も朝、夕をのぞけば今の半分だ。森も林も野原も、それに近所の農家の畑もまだほうぼうにあった。あの頃は、今、高一の勉は小学校の最終学年だった。勉が森と呼んでいたくぬぎ林に、七月の半ば頃から、毎晩、コクワガタを取りに出かけたものだ。それを考えるとひどく懐しい。海炭市の人間だけ相手に夜だけ開かれる、活気のある市場付近の相生町に住んでいた時には、とても信じられない愉しみだった。息子とふたりで行くこともあったし、春代もおもしろがってついて来ることもあった。息子が森と呼んでいたその林は、かなりの広さだった。ふたりで、大型の懐中電灯を持って、林にわけ入る。必ず、他にもクワガタ取りの少年たちのグループがいた。

いつも入る最初の場所には、朽ちて倒れたくぬぎの木が転っている。じめじめとし、触っただけで内側から腐った木くずがぽろぽろこぼれる。引っ繰り返すと、三度に一度はコクワガタがひそんでいた。たいていは、オサムシかコガネムシだった。そのあと、生きている、なめらかな肌を持った木を一本一本照していく。地面は固い場所もあるし、枯葉が何重にも積って、靴が柔らかく沈む箇所もある。そこでは、何年も枯葉の下に埋もれていた湿った土の、古い水やカビのような匂いが不意にたちのぼる。それらが、成長し続ける木の張りつめた気配や人気のない夜気と、混りあって拡散する。いつ行っても、夜気だけは、その場所にしかないしのびよるような密度で身体を包み込む。樹液の滲んでいる所や、樹皮のはがれた所には、たいがい、コクワガタがいた。親指ほどの小さなクワガタで、それも一匹のメスがいれば、その近くにはほとんどの場合オスもいるのだ。二時間ほどで、五、六匹、つかまえることもあった。息子はそのたびに喜びの声をあげ、腐葉土と枯葉を入れたプラスチックの虫籠に、つかまえたコクワガタを押し込むのだ。たまには春代も見つけ、無邪気に声を張りあげる時もあった。

海炭市の街なかに住んでいた時には味わえない喜びだった。夜の林など体験することもなかったろう。海炭市から他所者がどんどん移り住んで来るようになってから、林が荒されて困る、と地元の人間で不満をいう者もいた。反対に、もっと以前ならカブトムシも取れたものだ、と親し気に話してくれる農家の人もいた。

——どうして今は滅多にいないんですか。

春代は、今ではファミリーマートの経営者になっている農夫にたずねたりした。

——カブトのいる木が切り倒されるし、と農夫は昔を懐しがるように説明してくれた。

——それに、木に穴をあける虫や鳥が少なくなりました。その穴から出てくる汁にカブトは集まるんです。

そうして彼は、わしが子供の頃にはそんなものは珍しくもなんともなかったものだ、とひどく素朴な声で付け足した。

息子は図鑑で調べて、オスとメスを一緒にたくさんいれておくと、互いに殺しあったりすることもある、だから、虫籠にちゃんと分けてやらないといけない、と春代に話したりした。きっとメスのうばいあいになるのかもしれないわね、と春代も、そんなやりとり自体を愉しむように答える。近くのホームセンターで、何個も小さな虫籠を買ってきて、オス二匹にメス二匹という具合いに分けては、玄関に積んだ。あの頃の彼女は、新しい田舎生活にいきいきとしていた。

充実した日々。五年前というと、春代は三十五だ。隆三は彼女よりちょうど九歳齢上だ。アスレチックの管理をしている同僚から、若い女房を持つといいな、気がもめたりしないか、などとからかわれる。水商売をしていることを知っているのかもしれない。とにかく、遅い結婚だったのだ。勉は、彼が三十二歳の時に産れた息子だ。隆三は来年、五十歳になる。

一緒に林に出かけてコクワガタ取りに夢中になったのは、あの一年だけだ。翌年、中学生になった息子はもう親と行くより、友達と出かけるようになった。

——だんだん俺たちの手から離れて行くな。

——そうでなければ困るわよ。あたしたちだってそうだったでしょう。

春代とそんな会話を交したこともある。今から思えば夢のようだ。いったい、あの春代はどこへ行ってしまったのだろう。

そして、二、三年前から、息子が森と呼んでいたその林の三分の一は、木が切り倒され、砂利だらけの平地になった。まず最初に小さな建物が出来た。喫茶店かと思っていたら、交番だった。続いて、その隣りに、青いタイル張りの五階建てのマンションが建った。その頃には他にもあった狭い林は次々とマンションになり、息子もコクワガタのかわりにラグビーに熱中しはじめた。カブト虫について教えてくれた例の農夫が、自分の畑を潰して、ファミリーマートの経営者におさまったのもその頃だ。今ではすっかり商売も身について、夜遅くまで店番をしている。

そんなわけで、三分の二に減った、息子が森と呼んでいた林だけが残った。しかしそれも、来年には潰され、証券会社と生命保険会社の寮と、このあたりでもっとも大きいマンションになる予定だそうだ。森が姿を消すだろうという話が広まった頃、春代は昔の女友達の店を手伝いはじめたのだ。

あの森がなくなれば、ここは完全な住宅街になる。完璧にだ。

何かがほんの少しずつ狂いはじめているのだ、と隆三は思う。畑を潰してファミリーマートの経営者におさまった農夫も、マンション住いを夢見はじめた春代も。そして自分も例外ではない。

アパートに帰った。春代も勉もいなかった。息子はラグビーの練習で、帰りは七時頃になるだろう。春代はもう店に出かけたのだ。電気のついていない、カーテンをしめた部屋は暗かった。一瞬、隆三は自分がプラネタリウムの中にいる気がした。

今日は市内の小学生が団体で来た。元気のいい子供たちを見ると、こちらもいきいきする。プラネタリウムは一度に五十人ほどしか入れないから、ひとクラスずつ教師に引率されての見学だった。そのあいだ、他のクラスは、アスレチックで遊んでいた。彼は映画館の映写室のような小部屋のマイクで、ほんの少し喋るだけでいい。部屋を丸く囲んだ椅子に子供たちが坐るのを見届け、椅子を後ろに倒すスイッチを押す。子供たちが幼い悲鳴や笑いをたてる。いつものことだ。これからはじめますから、お話などせずによく見てください、と彼はいい、まず照明を落とす。闇。子供たちがざわつく。彼は天体がうつしだされるスイッチを入れ、ついで説明を吹き込んだテープのスイッチを入れる。星がまばたく。無数の星々。

春代のいった言葉を思いだした。冗談じゃないわよ。子供相手に贋物の星ばかり見せているから、そんなありもしないことを考えるんだわ。

彼は暗い部屋の明りをつけた。いったい何という言い草だ。彼は確かに来年、五十にもなるというのに、八畳と六畳のアパート暮しだ。それがどうしたというのだ。仕事にプライドも持たずに生きていくことができるものか。プラネタリウムでの仕事はかけがえがない。

あいつはいったい何を考えているんだ。

八畳間のテーブルには夕食とビールが一本置いてあった。仕事を終えたあとの隆三の愉しみといえば、ビールを飲んでテレビで野球観戦をすることだ。三本もゆっくりとビールを飲んだら、眠る。家族で仲良く暮せるのなら、定年までそうしても満足だ。

彼はズボンを脱ぎ、ステテコ姿でテーブルの前に坐る。納豆と野菜サラダと焼き魚。そして、伏せたふたつの茶碗。テレビをつけた。まだ野球がはじまるまで二十分ある。今頃、勉はラグビーにうち込んでいるだろう。春代は、酔っ払い相手に酌をしたり、冗談をいいあったりしているに違いない。今夜は土曜ではない。男と外泊することはないだろう。相手の男はひとりだろうか。ひとりでも許せるものではない。勉だって、自分の母が何をやっているか、薄々、知っているのだ。思春期盛りではないか。そんなことも心に浮かばない女になってしまった。

彼はビールを注いだ。新聞を広げた。変遷する海炭市の歴史の欄は眼も通さない。海炭市の歴史？　そんなものより、俺の家のありさまのほうが先決だ。

ビールを口に運ぶ。今日は酔いが早そうだ。様々な種類のアスレチック。日曜は子供でいっぱいだ。その他に四面のテニス・コートがある。陸上競技用のトラックはない。運動公園といっても敷地はたいして広くはない。もともと子供の遊び場が主体なのだ。その中にある黒光りしたドーム型の小さなプラネタリウム。宇宙の知られているかぎりのすべての星が詰っている。昼には彼は公園の管理事務所で食事をする。運動公園に勤めている者はすべて市の職員だ。プラネタリウムには彼と、切符売場に四十代の女子職員が一人いる。事務所全体で十三人だが、勿論、春代のことは誰にも打ちあけてはいない。何も知らないはずだ。それでも、この頃同僚は、なんだか口数が少なくなったね、調子でも悪いのかい、とたずねたりする。そんな時は一瞬、春代のことを同僚が知っているような気持になる。最近、ちょっと酒の飲みすぎなんだよ、と彼はさりげなく答えたりする。

春代とは見合い結婚だ。製網会社に勤めていた時、上司にすすめられた。男としては婚期を逃していたというわけではないが、それでも落着いてもいい齢だった。それから十七年になる。

ビールをちびちび飲んだ。春代の変りぶりにも腹がたつが、飲み屋をやっている女友達にはもっと腹がたつ。アルコールが入ると、彼はますます感情がおさまらない気がしてきた。

七時少しすぎに、スポーツバッグをさげて勉が帰ってきた。ただいま、もいわない。テレビで野球中継がはじまったばかりで、彼のひいきチームは三回までに五点差をつけられていた。勉は黙って、隆三の背後を通り、六畳の自分の部屋に入ってしまった。

春代が時々、外泊するようになってから、こんな状態だ。息子は今では父よりも背が高い。世の中のことを知っていてもいい齢だ。

「ただいまくらい、いったらどうだ」

彼は強い調子で息子にいった。すっかり大人になった声でぼそりと、ただいま、と返辞が返ってきた。

「メシを食おう」

「うん」

勉が八畳に入って来た。テーブルに並んで坐る。息子の横顔を見た。もう、あのコクワガタ取りに夢中になった時の、幼い表情はどこにもない。

「レギュラーにはなれそうか」

彼は父らしい口調でたずね、それからビールを口に運んだ。

「まだ入部したばかりだよ」

それだけで話が途切れた。いつもこの調子だ。彼はほんの少し迷った。しかし、テレビを見ながら、母さんに今の仕事をやめてもらいたいだろう、と口にしてみた。息子は黙っている。ひいきチームのピッチャーの出来はちぐはぐだったが、そのうちの一点は、三塁手が一塁に悪送球さえしなければ、やらずにすんだ点だ。息子勉はまだ黙っている。返辞を待った。テレビから視線を離し、息子にむけた。息子が何かいった。聞きとれないほどの小声だ。何だって、と隆三はきき返した。

「父さんはずるいよ」

「………」

「俺に答えさせるの。そんなのないよ」

しっかりとした、考え抜いた口調だ。

「父さんの問題じゃないか。自分で何とかしなくちゃいけないのに、俺にきいたって……」

隆三はゆっくり、さりげなくテレビに視線を戻した。そうだ、そのとおりだ。息子は俺が思っているよりも成長した。何もかも知っていて耐えている。ところが俺はどうだ。思いがけない勉の言葉に、彼は不意に眼が熱くなった。

「コクワガタを取りに行った時のことを覚えているか」

「なんだよ、そんな古い話」

「あの森も、じき、マンションや寮になるそうだな」

「腹、すいていないな。メシはあとで食べるよ」

息子が話をそらせた。

「今頃の季節じゃ、コクワガタはいないだろうな」

「いるはずないよ。夏になったってオサムシだっていないかもしれない」

勉はそれから、先に宿題をやってしまう、と話を打ち切るようにいった。おまえは俺をだらしのない男だと思うか、ときこうとしてやめた。わざわざ口にする必要はない。答はわかっている。自分でもわかっている。多少言葉の違いはあっても、意味は同じだろう。

少なくとも息子が蔑んだのではないことは口調でわかった。いや、そうではないかも知れない。蔑むことすらできない。そういうべきだ。息子はさっさと六畳の部屋に入ってしまった。あわれみ？　まさか。隆三はいたたまれなくなった。ビールを一本、飲み終えた。

これ以上、いくら飲んでも心地良い酔いはまわってきそうになかった。彼はテレビを消して立ちあがった。ズボンをはき、玄関へ行った。息子には声をかけなかった。そうだ。おまえのいうとおりだ。世の中にはこんなことで、あっさりと女房を殺してしまうような男だっている。そんなことすらできない。彼はサンダルをつっかけ、懐中電灯を持って外へ出た。すっかり夜だ。

何年ぶりの森だろう。時々、通りかかることはあっても、中にまで入ったのは四年ぶりだ。このあたりで残っている唯一の森だ。息子が森と呼んで以来、彼も春代もそう呼んできた。

　今、彼は森の中ほどにいた。交番の隣りから木立ちの中に入り込んだのだ。交番の警官は彼を胡散くさそうに見たが、声はかけてはこなかった。自分でもどうして突然、こんな場所に来る気になったのか、不思議だ。三分の一はけずられたとはいっても、森の中は相当広く、黒々と夜があたりをひたしていた。会社の寮はどのあたりにできるのか。この界隈で、一番大きなマンションは、どこの木を切り倒して作るのか。彼はかつて、息子と、そして時々は春代とやってきた森の中で、どの木に樹液があったか思いだそうとした。コクワガタなどこの時期にいるはずもない。わかっているが、森が完全になくなってしまう前に、せめてその樹だけでも見ておきたかった。ファミリーマートの経営者におさまった元農夫が話してくれたように、木が切り倒され、木に穴をあける虫や鳥がめっきり少なくなっても、あの頃はそれでも何本かはあったのだ。

　しかし隆三には見当もつかなかった。懐中電灯の明り以外には、わずかに木立ちの上に夜の空が見えた。苦笑した。俺は本当に一体何をしにここへ来たのか。森の中は静まり返り、聞こえるのは自分の足音ばかりだ。枯葉の下にかくれた土の古びた匂いも、張りつめた木々の香りも元のままだ。街なかでは味わえなかったコクワガタ取りに親子で熱中した時、二、三時間、この土と木と夜気の中をさまよった。それで何回か来るうちには、出口もすぐに見当がつき、迷うこともなくなった。

春代は今夜は帰ってくる。外泊は土曜ときまっている。隆三は、こんなところに衝動的にやってきてしまった自分を笑いのめしたかった。ここにいて何になろう。過去が何になろう。彼は帰ることにした。帰って、テレビで野球の続きを見て、ビールを飲み、春代が戻るまで待つ。戻ったら、鼻血が出、青アザができるまで殴ってでも、絶対に店をやめさせる。

こんな場所にいても無意味だ。森を出ようとした。ところが、あれほど知り抜いていたはずの出口が、あちこち歩き回ってもわからなかった。どうしてだろう。あたりが少しずつ軋むような気がした。ほうぼう歩きまわるうちに彼はやっと気づいた。たった三分の一でも、森がけずられたことで、方向感覚が微妙にずれてしまったのだ。俺がそうなら鳥や虫もそうかもしれない。それでも歩いているうちには見つかるはずだ。彼はひと息つくために立ちどまり、木や腐葉土や枯葉や六月の夜の空気に取り囲まれ、空を見あげた。プラネタリウムにやって来る子供たちのように。けれど星は見えなかった。まさか星でさえも今ではプラネタリウムでしか見ることができない、とでもいうのだろうか。すると、その時、おう、おう、と彼の中で叫ぶ者がいた。同時に、激しく周囲が軋んだ。春代が帰るまで冷静でいなくてはならない。しかし、おう、おう、と叫ぶ声は胸の中で続いた。おさまるんだ。駄目だった。それは続き、実際、口を突いて出そうだった。彼は身ぶるいをした。ついで、両腕を胸にまわし、きつく身体をしめつけた。身ぶるいはおさまらなかった。なおも彼は木立ちの中に立ちすくみ、さらにきつく胸をしめ続けた。

7 衛生的生活

そろそろ夏の気配があちこちに漂いはじめた。八月に入れば、その季節を一年間待ちこがれた大勢の若者や家族連れが、どっと岩場の海水浴場に繰りだす。娘たちはいっぺんに開放的になる。春のあいだから物色した色とりどりの水着。うきうきし、はめを外し、お喋りに熱中し、ささいなことで笑い転げる。おおらかで陽気な夏の娘たち。少年たちはといえば、海の中に一ヶ所だけ突き出た岩のてっぺんから、ダイビングに挑戦する。娘たちの関心の的だ。彼らもそれをよく承知している。熱い注視、溜息、身をひるがえす若者、息を呑む娘たち、水音、ついで沈黙がやってくる。海中に沈んだ少年が、ぽっかりと顔を出すまでそれは続き、彼がにこにこ笑って手を振ると、いっせいに喚声やどよめきにとってかわる。あたりは安堵したようになごむ。そして次の少年が岩によじのぼるのだ。

夜は夜で、海開きとともにやってくる開港を祝う祭りが彼らを待っている。その時が観光客のピークだ。ひと月、街は楽園になる。けれども八月まで、実際にはまだ十一日間ある。街は楽園の一歩手前だ。

合同庁舎の一階にある職業安定所のオフィスで、啓介は二日前からしくしく痛む下の奥歯に今治水を塗った。脱脂綿をマッチ棒の頭ほどに固め、小さなピンセットで液にひたし、奥歯に塗る。舌や口腔に触れないように、口を大きくあけて慎重にやらなければならない。

「まだ痛むのかい」

隣りの席の同期の青木が、読んでいた新聞から眼を離してきいた。こっちまでうっとうしい、といった顔だ。彼とは二十九年間、同僚としてやってきた。啓介は頷き、ピンセットを今治水の紙箱にしまった。青木はまた新聞を読みはじめた。出稼ぎが大半の遠隔地雇用専用の窓口に坐っている啓介の席は、玄関に一番近い。第三土曜の十二時七分だ。あと二十分あまりで、一週間の失業者相手の仕事が終る。今日は残業もないし、会議もない。土曜は隔週休みだから、来週は二連休だ。三十二人の職員のいる、広いオフィスは、のんびりとくつろいだ空気に満ちている。正面には大きな一枚ガラスの窓が並び、啓介は窓越しに路面電車の通りや、豊かに葉をつけて微風にそよいでいるプラタナスの街路樹を眺めた。道は乾燥して埃っぽく、車は絶えない。それにひきかえ、道行く人影は少ない。

夏、職を探す人間は多くはなかった。今はわずか三人しかいない。土曜の正午はいつもこんなものだ。幾つも並んでいる掲示板にピンでとめてある求人案内を眺めている、ポロシャツとコットンのズボン姿の二十代後半の青年。ファイルをめくっている作業服姿の男。彼は三十代だ。くたびれた表情をしている。高齢者用の相談窓口で職員と話している、眼鏡をかけた立派な白髪の品のよい痩せた男。まるでどこかの元教師といった身なりで、物腰も落着いている。たぶん彼ならば適当な就職口を見つけることができるだろう。それも夜警や駐車場の誘導員とか、テレビや電気代の集金のような職ではなく、机にむかってやる仕事をだ。とにかく啓介は二十九年間も失業者とばかり話をし、彼らを見続けてきたのだ。人を見る眼はあるつもりだった。

仕事を斡旋しても採用されるかされないか、たとえ採用されても、どの程度続くか、一ヶ月か半年か一年か、あるいは一生か、少し話しただけでもわかる。

それにここがたてこむのは、おもに冬から春だ。冬、大工はいっせいに職を失う。大量に降る雪の時期に家を建てる物好きはいない。彼らは冬のあいだ失業保険でしのぐのだ。それでも産業道路ができてからは、建売り住宅やアパートや商店が次々と建つおかげで、大工の生活も安定してきた。

歯痛はまだやまない。彼は気分がむしゃくしゃしたまま、今治水を背広のポケットにしまった。かわりに煙草をくゆらせ、春日町のほうからやって来た路面電車が押切川の橋を渡るのを眺めた。いまいましい歯から気分をそらさなければならない。青木は隣りで、まだ新聞を読んでいた。彼も土曜の残りの時間を持て余しているのかもしれない。電車は職安前でとまった。降りる客はいない。車内にはすでに風鈴が吊り下げられているだろう。そういう季節だ。車体にはフランス煙草のコマーシャルが描かれている。ゴロワーズのフィルターつき新製品。かつて啓介が観た映画の中で誰かが吸っていた。誰だったろう、と彼は、熱のある口を歪めて思いだそうとした。ロミー・シュナイダー。そうだ、あの女優だ。あれはよく似あっていた。電車はすぐに発車してしまった。コマーシャルとかつての女優だけが頭に残った。

仕事が終ったら、彼はバスで六階建ての市営団地に帰る。そこは産業道路の北の日進町にある。その前に歯医者に寄ろうか。いや、せっかくの土曜を歯医者だなんて。それに我慢できないほどの痛みではない。これまでも何度かあった。今日あたり、やむだろう。歯医者のかわりに、ここから歩いて二十分の繁華街に出て、ゴロワーズの新製品を買おう。彼は今年の秋、四十七になるが、その種の煙草を吸うのにふさわしい人間であるはずだ。それに彼は明日、産業道路沿いに進出のきまった首都のデパートが、デモンストレーションのイベントとして市民会館で開催する、モネの美術展に、妻の真理子と行くのだ。そこではパリのオランジュリー美術館にあるモネの睡蓮を観ることができる。この街で本格的美術展ははじめてだ。歯の痛みを忘れるために、彼は明日の充実した豊かな日を思った。ゴロワーズとモネ。なかなか洒落ている。妻の真理子と六浦町の市民会館へ出かけ、背広のポケットにゴロワーズをしのばせ、モネを観る。彼はその時のことを思って、うっとりさえした。やはり今日は一度繁華街へ行こう。煙草センターに寄り、そのあと書店に寄ってベストセラーの小説を一冊買う。それからバスに乗り、三DKの市営団地の五階に帰って、土曜の夜を読書に費やす。眺めはいいし、妻とふたりきりだし、快適だ。小説はベストセラーなら何でもいい。人は教養を身につけるべきだ。

あと十五分で仕事は終る。待ちどおしい。求人案内の掲示板を見ていたポロシャツの青年が、啓介のカウンターの前をすたすた歩いて玄関へ向う。自動ドアが開き、男は光の中に出て行った。そのまま車の往来を横切って路面電車のコンクリートの段になった停留所に立つ。今さっき繁華街へ向った電車と反対方向の停留所だ。あの男は職探しの相談はしてこなかった。まるで暇潰しのようにふらりとやって来て、掲示板をひやかしのように眺め、またふらりと出て行った。せっぱつまっているというふうではなかった。働き盛りのいい若い者が何ということだろう。一瞬、自分のしくしく痛む歯のように苦々しく思った。それにひきかえ、ファイルをめくっている男は真剣だ。あの高齢者用窓口で職員と話している教師のような紳士もだ。

女子職員が、お茶を運んできてくれた。青木が、ああ、ありがとう、という。啓介の前にも置いてくれる。一応、礼はいったが、お茶を飲んだら、また歯が痛みそうだ。彼女は去年、高校を卒業して入ったばかりで、啓介の、今は首都の短大に行っている娘と同じ齢だ。そういえば、明日、モネを観に行く市民会館のある六浦町の隣り町には、運動公園やプラネタリウムがある。娘が子供の頃はあそこはよく行った。女子職員はお茶を運び終ると自分の机に戻った。香水の匂いが残った。娘盛りだ。海水浴場へ行く日を待ちこがれているひとりかもしれない。

彼の娘は、夏休みには帰ってくるだろう。おととい首都から電話があって、祭りには帰るといった。四ヶ月ぶりの親子三人暮しだ。娘は市内の公立高校を卒業したあと、首都の短大に行きたい、といった。彼も妻も、とりたてて反対はしなかった。墓地公園近くのこの街唯一の私大なら仕送りのない分、確かに楽だったが、あそこでは仕方がない。何しろ五年ほど前に出来たばかりで、三流以下なのだ。ほとんど無試験だし、出来の悪い学生を集め、ただ、大学、と名だけがついているような所だ。首都の短大といえば、まあ、とりあえずは聞こえがいい。

人生はそうあるべきだ。たとえそれがわずかばかりであっても、陽の照る場所に少しでも近くにいることが肝心だ。啓介は、まだ電車の停留所に立っているポロシャツの青年をちらりと見た。職安のカウンターの向う側とこちら側だ。八月、どんなに海水浴場や祭りがにぎわい、娘たちが華やぎ、少年たちがどれほどダイビングに熱中しようと、彼らの何人かは確実にここにやってくる。

白髪の男が晴れやかな表情で、紹介状を手にして椅子を立った。いい職場を紹介されたのかもしれない。男は自動ドアを出て行くと、車道を横切り、電車の停留所に行って、ポロシャツの青年と並んで立った。外は明るく、光は道にも街路樹にもはね返っていた。

隣りの青木が新聞から眼を離し、娘さんはそろそろ帰って来るのかね、と小さなあくびを噛み殺していった。それから、女子職員が持って来てくれたお茶を飲んだ。

「八月のあたまに帰ってくるそうだ」

啓介はいった。そうかね、とだけ青木はいった。

繁華街のほうから電車がやってきた。緑と白のツートンカラーで、コマーシャルの入っていない電車だ。あのポロシャツの青年と白髪の男が乗り込む。啓介は腕時計を見た。仕事が終るまで七、八分ほどにせまった。電車はふたりを乗せ、橋のほうへ向う。あの物腰といい、服装といい、申し分のない白髪の紳士にも、自分は職を与える立場にいるのだ。与える？　いつから啓介は、そんなふうに自分というものを思うようになったのだろう。

それにしても、これまで、ずい分多くの失業者を見て来た。うんざりするほどだ。まったくうんざりだ。炭鉱が潰れた時は本当にひどかったが、それもようやく落着いた。あの頃は職安も殺伐とし、連中も眼の色を変えていた。忙しかった。彼はどれほど多くの男に、首都方面の出稼ぎや、別の炭鉱や、海をひとつへだてた所にある原発に紹介状を書いただろう。市は先月、五ヶ年計画で、跡地を整理することにきめた。ボタ山は第二埠頭の先の埋立て用に使われ、炭住は取り壊される。埋立て地にはフェリーの桟橋が新しく作られ、跡地には文化施設が建つ。体育館、プールは勿論のこと、美術展を開くことのできる建物や演劇や落語を上演できる劇場。もし、そんなものが作られたらどんなにいいだろう。啓介が望む、豊かで文化的で衛生的生活がたやすく手に入る。

青木が読み終えた新聞を丹念にたたんで、カウンターに置く。啓介も書類やボールペンの片づけをはじめた。もう一度、今治水を奥歯に塗りたかったが我慢した。青木も自分も地元の高校を卒業した十八の時からここで働いてきた。青木は三年前、自分の家を建てた。啓介は団地だが、生活そのものはすこぶる満足だ。自分は幸福だ。すくなくとも、カウンターのこちら側にいる限り。明日の日曜日はモネを観に行くのだ。芸術を鑑賞し、カタログを買い、ゴロワーズの新製品を吸い、妻の真理子と食事をして帰る。そしてベストセラーの小説を読むのだ。これでしつこい歯の痛みさえなおってくれれば申し分ない。何も不満はない。明日、モネ展に行ったら絵葉書を買ってきて、娘や知人にたよりを出すのもいい。自分がどんな生活をしているか、それでわかるだろう。それを思うと明日が待ちどおしくてならない。まるで、あと二週間後に、海水浴場や祭りに繰りだす若者のように。色とりどりの水着を見せびらかす少女たちのように。

作業服姿の男だけがまだファイルをめくっている。めぼしそうなものは手に取り、そこに書き込まれている条件をしげしげ見つめるが、すぐ元に戻す。じき、清掃係の六十を過ぎた女が、モップとバケツを持って現われるはずだ。啓介は自分のカウンターを整理し終え、日めくりの卓上カレンダーを二枚めくって、月曜にした。これで一日半、失業者を見なくてすむ。作業服姿の男も今日はあきらめて、月曜にでも出直したほうがいい。

歯はまだしくしくする痛みを伝えてくる。他の同僚たちも、それぞれ片づけをはじめた。時間が来たら、啓介は真っ先にタイムカードを押して、外の空気を吸うつもりだ。

しかし、モネ展とはさすがに首都のデパートだけのことはある。デパートの進出話が持ちあがった時、街の青年会議所は反対したそうだ。馬鹿気た話だ。あの連中にいったい何ができたろう。工業団地がそのいい例だ。まるで野ざらしではないか。あそこに、いっそのことドライブ・イン・シアターを作ったらどうか、などという計画がまことしやかにささやかれたりもしたが、そんなものはただの噂のまま、すぐに立ち消えた。どうせそんな所だ。

作業服姿の男がとうとうあきらめた。カウンター越しに、職員が今日はもう時間だ、といったのだ。ちょうど十二時三十分になるところだった。職員の声は小声だったが、啓介にも青木にも聞こえた。作業服の男がしきりに頷くのを、青木はちらりと眺めた。啓介も見た。男は陽焼けし、疲労が滲みでて、老けこんで見える。月曜に来なさい、と同僚の職員が親切に話していた。男が力なく頷く。

月曜日には直接、この15番のカウンターに来るんですよ、まず相談しましょう、いいですね。男はまた頷く。啓介は、自分はこちら側の人間だ、と改めて思う。作業服の男は気を取り直したようにズボンのポケットに両手を突っ込み、幾分胸を張ってフロアを横切る。今は不況ではない。高望みさえしなければ職はある。男は青木と啓介の前を通り、玄関を出て行く。これで今日はすべておしまいだ。男が通りで煙草に火をつけている。その時、青木がお茶をひと口飲んでいった。

「どうだい。ビヤガーデンで一杯やらないか」

「遠慮しておくよ」

「歯医者に行くのかい」

「そうだね」

啓介は曖昧にいった。本当はベストセラーの小説とフランス煙草を買って、家でそれを読んですごすのだ、といいかけたのだ。しかし、青木が本などには眼もくれないのを知っていたので、やめた。そんな話をしようものなら、薄ら笑いを浮かべるのが常だ。何故だろう。昔は家族ぐるみでつきあっていた時期もあるのだ。

作業服姿の男が押切川のほうへ歩いて行くのが窓越しに見える。住いはどこにあるのか知らないが歩いて帰るのだろう。まさか電車賃もない、ということはないだろう。

「それなら、マージャンも駄目だな」

「ああ、悪いね」

作業服の男が橋を渡りかける。そこで啓介の場所からは死角に入る。

「最近、何か本を読んだかい」

青木は口調こそさり気ないが、まるで皮肉か、小馬鹿にでもするような口調でたずねた。

「いいや、何も」

「そんなことはないだろう。本田君の読書家は有名だ」

そのあとで青木は、ふたつ向うの席の五年前入った若い職員に、なあ、と同意を求めた。なぜわざわざそんなことを口にしたりするのだ。啓介は少しむっとした。若い職員は、そうですよ、とあいづちを打つ。若僧め。それから啓介は思いあたった。青木の息子はこの街の、あの三流の私大の四年生なのだ。アメリカン・フットボール部に入っているそうだ。歯がひどく痛みだした。作業服の男はもう視界から消えた。啓介はやり返そうとして口をひらいた。歯の痛みで声がぎこちない。

「息子さんはどうですか」

「アメフトばかりやっているよ。困ったものだね、最近の若い者は」

「何をいっているんですか、課長。息子さん、就職が内定したそうじゃありませんか」

若い職員がすかさずいう。いやあ、と青木は満更でもなさそうだ。他の同僚たちはそれぞれ帰り仕度にかかったり、世間話をしたり、冗談をいいあったりで、すっかり半日の仕事から解放されている。タイムカードの所へ行く者もいる。カウンターの奥の広いデスクにいる部長が、ほお、青木君、どこに内定したのかね、とたずねた。

信用金庫の名前を、青木はうれしそうに口にした。

「ああ、それはおめでとう。そこなら心配はいらないよ」

「アメフトばかりやっている馬鹿息子ですがね」

「そんな顔をしていませんよ」

若い職員がこびるでもなくいう。お先に、といって同僚たちが次々タイムカードの所へ行く。青木はたたんだ新聞に左肘をのせ、右手に湯飲み茶碗を持って口に運び、ビヤガーデンで一杯やるか、と今度は若い職員を誘う。すこぶる機嫌のいい声だ。

「いいですね。明るいうちのビヤガーデンも。もうすっかりそんな季節になったんだな」

それから若い職員は、啓介にむかって、本田さんもどうですか、課長が息子さんの就職祝いにおごってくれるそうですよ、と何気なくいった。啓介は黙っている。そうか、青木の息子は就職が内定したのか。彼の息子のことは小さい頃から知っている。しかし啓介は、おめでとう、という言葉も思いつかなかった。無理に誘っちゃあいかんよ、と青木がいっている。その時、啓介は、自分の肩書きを考えた。課長補佐。二十九年、来る日も来る日も失業者相手に働いたというのにだ。青木は同期だが、今は上司だ。だが、それが何だろう。妻もそのことで不平をいわない。人生にはもっと大事なものがたくさんある。自尊心が傷つけられそうになったと感じた時は、彼はこうして自分を素早く守る。自分は確かに出世はしないが、ロミー・シュナイダーが映画の中で吸っていたゴロワーズの新製品を吸い、ベストセラーを読む人間なのだ。いったいどんな自尊心だろう。

歯が痛んだ。しくしくした痛みから、次第にずきずきした痛みにかわってきた。その突きあげるような痛みの中で、彼は思わず、ビヤガーデンに行かない理由を口走った。おまけに、得意気に、明日はモネの絵を観に行くのだ、ともつけ加えた。誰も驚かなかった。青木も部長も若い同僚も、別に、笑いもせずあっけにとられた表情もしなかった。彼らはすっかり馴れきっていた。啓介は後悔したが、遅かった。

「やっぱり本田君は違うね。うちの馬鹿息子も少し見習うといいんだが」

青木はできるだけ真面目な口調でいった。

「見習うのは課長のほうじゃありませんか」

若い同僚がひやかし、青木が、いやいや私は日本の煙草で充分だよ、といった。

「煙草じゃなくて本のことですよ」

「ああ、そうかそうか」

「で、明日はその、モネかね」

部長がいった。

「ええ、めったなことでは観れませんからね」

啓介は答えたが、声は小さくなった。

「いい趣味だね」

隣りの同僚であり上司である青木がいった。

「ところでそのゴロワーズとかいうのはどこの煙草だね」

部長がきき、若い同僚がフランスでしたかね、と答える。部長がいう。

「なるほど、本田君は新しいもの好きなんだね」

部長の声には明らかにこの四十七歳の部下を軽んじる響きがあった。啓介も同僚や上司から常々、そんな眼で見られている自分を感じてはいたが、それがどうしてなのか、と深く考えたことはなかった。こんな場合彼は、この世の中はカウンターの向うとこちら側でできており、ついで同僚や上司はモネのことさえ知らずに人生を終る連中なのだと考える。何という貧しい人生だろう。啓介は明るい七月の通りを眺めた。

若い頃から、この男は見栄っ張りで、単純な男だ、罪もないほどだ、尊大で自分を何者かだと思っている、と青木は考えていた。ここに職を探しにやってくる人々の前では、なおのことだ。それに気づいてくれさえすれば、と思ったが、無理だろう。

青木の腕がのっている、さっきまで彼が読んでいた新聞には、海炭市ではじめての美術展の記事がでていたが、啓介は気づかなかった。それによれば、絵は本物ではなく、実物大のただのパネルなのだそうだ。どうして、オランジュリー美術館にある壁画ともいうべき作品を日本に運んでくることができるだろう。

青木は余程、あれはただのパネルなのだそうだ、ここに書いてある、といおうかと思ったが、やめにした。明日、行けばわかることだ。わかってもどうということはないだろうが。

裏の通用口から掃除のおばさんが入って来た。ごくろうさま、と青木も部長も他に残っていた数名の職員も口々にいう。

そうだ、タイムカードを押して帰るのだった。青木と若い同僚は、掃除のおばさんがモップで床を拭きはじめたのを機会に、部長、お先に失礼しますよ、といった。部長も、そろそろ私も帰ることにしよう、今日はゆっくり羽を伸ばすんだね、私の悪口でもさかなにして、と朗らかにいう。

「そうおっしゃられたんじゃ、悪口もいえませんな」

青木も軽口を叩く。そうそう、と部長が思いだした、というように啓介に声をかけた。

「今治水を塗る時ぐらい、洗面所へ行きたまえ。そんな所でやっちゃあ、きみ、みっともないよ」

はあ、と啓介はつぶやいた。歯の痛みがますますひどくなった。思わず頬に手をやる。掃除のおばさんは黙々と床を拭いている。

「歯医者には行ったほうがいいよ」

青木は啓介に声をかけた。若い同僚は、どこで飲みますかね、といっている。もうすぐ、街は楽園のようなものになる。その時、啓介は何をしているだろう。

「いつまでも本田君は若いね。なるほどゴロワーズか」

部長はあわれみをこめていった。啓介は、七月末の乾いてまぶしい通りに、また眼をやった。

8　この日曜日

　あのね、と恵子はいいかけた。しかし夫はバックミラーにちらちら視線を走らせ、後続車に気を取られていた。前を走っている銀色の大型コンテナを追い抜きたがっているのがわかった。それで、聞いてちょうだい、マコト、という続きの言葉が出なかった。コンテナにブレーキランプがともり、夫も速度をゆるめた。それから、やっと余裕を取り戻したように、何をいいかけたんだい、とたずねてきた。

「ううん、何でもないのよ」

　恵子はゆっくり微笑みを作って夫を見ていった。窓から吹き込む、あたたかい風が気持よく髪をなびかせる。コンテナのブレーキランプが消え、また車はよどみなく流れはじめる。街路樹は陽を浴びて繁り、歩道を行く人々ものんびりと一日を愉しんでいるように見える。

「本当にあったんだよな」

夫は自分にいい聞かせるようにいった。そんないい方の中に恵子は、わずかだが苛だちの芽を嗅ぎとった。これで何度目だろう。

「ええ、確かにあったと思うわよ」

恵子は歩道に眼をやりながら、さからわずに答えた。

「そうだよ。もう、そういう季節だからね」

夫の声はやはり自分を納得させたがっていた。

車はさっき、山の中腹にある私立大学と、この街の別荘地の前を過ぎ、坂道をうねうね下り、美原町の産業道路に出た。コンテナはその時から、前をふさぐように走っていたのだ。それでも五十キロのスピードを出していたから、むしろスムーズで快適だった。商店も喫茶店も新しい。カーステレオからは、夫のお気に入りのガンザンローゼスの曲が流れている。レックレス・ライフだ。むこうみずな日々、むこうみずな日曜日。でも、マコトもわたしも、もう二十四だ。その年齢がどんなものか、充分知っていてもいいはずだ。何も共産党員になってほしい、というわけじゃないわ。恵子はこざっぱりとした都会風の建物の並ぶ通りをぼんやりと眺めた。

誠はレックレス・ライフに耳を傾け、邪魔っ気のコンテナを追い越す機会をうかがいながら、妻のいったとおりならどんなにいいだろう、疑うわけじゃないが、と思っていた。何日間かはそれだけで充実するというものだ。あとはビールと音楽があればいうことはない。レックレス・ライフやナイス・ボーイを聴き、わずかなビールと大麻で満たされる。だからこそ今日は、日曜日で店はてんてこまいだというのに、仮病を使って休んだのだ。

朝、彼は勤め先の生協に電話をした。支店長に、風邪をひいたから休みたい、と話した。日曜日だよ、と支店長は渋い声を出した。

――明日は定休日なんだし、午後からでも出て来てくれるとありがたいんだけどね。

――熱が四十度もあるんです。とても無理ですよ。

――そうか、仕方がないね。

支店長はあきらめたような声になった。

――本当にすみません。

――病気ならあやまることはないさ。それじゃ、今日はゆっくり休みなさい。

ありがとうございます、といって誠は受話器を置いた。そばで妻が話を聞いていた。彼女に笑いかけ、あの人の出世のために働くわけにはいかないよな、と喋った。そうね、と妻は曖昧にいった。支店長から地区の理事になって、そのうち生協をバックに市会議員になるつもりなんだよ、と誠は仮病を使ったいいわけのように話した。すると妻は、どうでもいいじゃない、とあっさり答えた。

そのあと十時半に、誠は期待に胸を弾ませ、産業道路の日進町にある、ふた部屋のアパートを、妻と一緒に出たのだ。
それがどうだろう。確かに大麻草が生えていた、とケイコの話してくれた場所には、ただの雑草しか見あたらなかった。草の中をたっぷり三十分も探してしまった。仕方なく、まだ二、三家族しか避暑に来ていない別荘地へ行って、ゆるい草地の斜面を探したが、無駄骨だった。ぎざぎざのある五枚の葉をつけた草はあったが、茎と葉の付け根にある二枚の小指ほどの双葉のついている大麻草はどこにもなかった。それを含めて、葉は七枚なければならない。似たような草を見つけるたびにわくわくしては、がっかりした。日曜日、仮病まで使ったというのに。たとえ数本でも、よく乾燥させ、大事に少量ずつ吸えば何日間かは天国だ。彼の頭は、野生の大麻とさっきからずっといる眼ざわりなコンテナでいっぱいだ。

道は日進町から二車線になった。夫がウィンカーを出して、右側車線に出ようとした。すると後ろで、ジープが激しくクラクションを鳴らした。夫の乾いた舌打ち。恵子はひやひやした。ジープが恵子たちの車を追い抜いていく時、運転していた口髭の男がこちらを一瞥した。唇が動くのが見えた。どこを見ているんだ、とでもいったのだろう。ジープはすぐコンテナの横を通り抜けて姿を消した。

「ジープなんて冬に乗るものだよ」

「でもマコト、急ぐことはないんじゃない」

「これが邪魔なんだ」

車体を小きざみに左右に振るコンテナを見あげて夫がいった。

「信号だってよく見えないだろ」

そんなことはないわ、夫は首都から進出してくるデパートの建設予定地に早く着きたがっている。もう一度あそこへ行って大麻を探す気なんだわ。たかが大麻じゃないの、とカーステレオから、ナイス・ボーイが流れるのを聴きながら恵子は思う。運転席を見た。夫も見、眼が一瞬あった。すぐに夫は、バックミラーに眼をやり、右側車線に出ようと、うかがいはじめる。恵子は夫から眼を離さなかった。シートベルトでしめられた身体が軋む気がした。

「疑っているの」

さり気なく恵子は口をひらいた。夫が首を振る。

「でも、もう一度、デパートの予定地に行くつもりなんでしょう」

「そうだよ。俺が見落したかもしれないじゃないか。疑っていない証拠だよ」

助手席から見える歩道に中古車センターがあらわれた。値段を書いた紙をフロントガラスにはさんだ車が、何十台もずらりと並んでいる。大安売のたくさんの幟が、風にあおられて、ぱたぱたはためいている。若い家族連れが店員に案内されていた。奥さんは赤ん坊を抱いていた。齢はいくつぐらいだろう。わたしより二、三歳上かしら、と思った時には彼らの姿は後ろに去ってしまった。あんな日曜だってあるのだ。じきに、出来たばかりのドライブ・スルーが見えてくるはずだ。そして道を挟んでその反対側には、新しく繁華街から越して来た大きな産婦人科と。車は絶えまなく、夫はなかなか右側車線に出ることができない。

「お腹がすいたわ。ドライブ・スルーに寄ってくれないかしら。いいでしょう」

「そうだな。俺も咽が渇いたよ」

それに、といった。このコンテナともさよならできるしね、と続ける。

「いい考えでしょう」

夫が白い歯を覗かせて、頷いた。ナイス・ボーイ。本当に二年半前、ボーリング場で知りあった時はそうだった。素敵な青年で、腕前もたいしたものだった。スコアは平均百八十は出していたし、二百を越える時もあった。恵子はそこで、受け付けやアナウンスや灰皿の掃除などをして働いていたのだ。ある日誘われて、夫のアパートに行った。友達が来ていて、はじめてマリファナを吸った。最初はおっかなびっくりだったけれど、夫もマリファナはあの時がはじめてだと話してくれた。それから、夫の友達が帰ったあとも残って、ひと晩を過ごした。忘れられない夜だけれど、夫はあの時のままいつまでもナイス・ボーイだ。

ドライブ・スルーは中古車センターから一キロほど先だった。今月に入って出来たばかりだ。これからどんどんその手のものができるだろう。空は晴れ渡って、誠は夏をひどく身近に感じた。これで大麻さえ見つかればいうことはない。ドライブ・スルーでコンテナともおさらばできる。妻が誠に断らずにカーステレオをとめた。黙って好きにさせた。

野生の大麻を見かけた、と妻にきいたのは昨日だった。本当は三日前に見たのだと知って、何故その場で採って来なかったのか、少なくともその日のうちに教えてくればいいのに、といいそうになった。しかし、話だけでもその時は満足だった。誠は、日曜に採りに行くことにきめた。彼の勤める共産党系の市民生協は余程のことがないかぎり、日曜は欠勤できなかったが、そんなことは大麻の魅力の前ではどうということもなかった。

とにかく、この齢で毎日、毎日、主婦相手に生協の鮮魚売り場で、季節の魚ばかり売っている。この齢でだ。生協は根岸町にある。そこは路面電車の東の外れだ。繁華街から合同庁舎前を通り、押切川を渡り、競馬場前を過ぎて路面電車は根岸町で東の終点になる。

あと何年かたったら主任になることができるかもしれない。けれどそのためには、共産党の党員にならなければむずかしい。誠は党員でもないし、今のところ、なるつもりもない。仕事が終ったあとは自分の時間だ。それに政治なんてものはくだらない暇潰しみたいなものだ。機関紙を読み、薄っぺらなパンフレットで学習会をやり、カンパや署名に精を出し、メーデーに出かけ、選挙で血まなこになるのは、他に何もやることのない連中にまかせておけばいいのだ。

誠より後に入った正職員はどんどんオルグされて党員になる。はじめから党員の者もいる。そんなことは彼らの勝手だ。誠には大麻のほうが大事だ。その気になって探せば、あの魔法の草はこの辺にはまだまだある。年々、新しい建物が建つおかげで、少なくはなっているが。

とにかくあの最初のひと吸いの感覚はどんなものにもかえがたい。煙りを胸いっぱいに吸い込み、できるだけ息をとめて我慢する。すると頭のてっぺんから、足の先までいっぺんに痺れて、急に音楽のボリュウムがあがった気がする。そうじゃない。音が自分の身体からあふれて来て、身体が響きあい、一体になったように感じる。あの快感はたまらない。

それにしても、今日の妻は少し変だ。自分で見かけたといったのに、全く乗り気ではない。去年の夏は、一緒に無邪気に探しまわったのに。どうしたというのだろう。

あいかわらずコンテナは車体をこきざみに震わせ、七月の光を反射させている。ドライブ・スルーの建物が見えた。こぢんまりとしたブルーの店だ。窓枠だけが白で、いかにも眼だつ。口笛を吹きながら夫が、左折のウィンカーを出す。そのチカチカいう音と口笛が混りあう。歩道を自転車が一台通る。それを待って、ガードレールの途切れた所から、建物の横に乗り入れる。コンテナは見る間に視界から遠ざかり、あばよ、と夫がいった。並んでいる車は少ない。前に三台いるきりだ。夫はさもせいせいした、とでもいうように口笛を吹き続けた。聴いたことのある曲だった。ライトバンの後につけた。

「何の曲」

恵子は思いだせずに夫にたずねた。

「コロブチカさ。フォークダンスでやったことがあるだろう」

「思いだしたわ」

恵子は陽気な気分になって夫に笑いかけた。大麻が手に入ったら、と夫も機嫌よくいった。

「それを吸って、フォークダンスでも踊るかい」

「高校生みたいじゃない」

こんな子供っぽい、無防備な夫は、ボーリング場で会った頃と変らない。夫はハンドルに両腕と顎をのせ、口笛を吹き続ける。車が順番待ちでとまると、車内の空気がよどんだ。確かにレッドピン・サービスを出した時の夫はこうだった。一ゲームに二回、赤いピンが出て、その時ストライクを取ると、コーラの景品がついた。その度に恵子はアナウンスをしたものだ。夫はレッドピン・サービスの時には、ほとんどストライクで、アナウンスする恵子に、手を振ってきたり、Vサインを出したりした。夫に好かれていると知るとうれしかった。でも、もうあの時のわたしではない。

一台分、車がすすんだ。前のライトバンの男が、窓から顔を出して、マイクロフォンにチキンセットを頼む声が聞こえた。ますます車内の空気がよどんで、気分が悪くなりそうだった。

「ハンバーガーを食べたら、ひさしぶりにボーリングでもやりに行かない？　マコトのレッドピン・サービスが見たいわ」

夫が何をいいだすんだ、という表情をした。ハンドルに腕と顎をのせたままだ。ドライブ・スルーから女子店員の声で、気をつけて前へお進みください、というのが聞こえた。ひどく抑揚のない声だ。ライトバンが受け取り口に進み、夫が続いてマイクロフォンの前に車をとめた。ハンバーガーにコーラ、フライドポテトを頼む。夫に無視された。何でもいいからひとことぐらい喋ってもいいはずよ。恵子はあきらめた。

この人はきっと三十になっても、あんな草を探すに違いないわ。すると彼女はむきになった。

「あたしはもう探さなくていいでしょう」

夫が頷く。それからドライブ・スルーを迂回して受け取り口へまわった。車がのろのろ動くと、さらに気分が悪くなった。早く、風がほしかった。恵子はじりじりした。

誠は受け取り口で金を払って、注文した品を受け取った。ボーリングだって？　とんでもない。レジを打って釣り銭を勘定している赤い制服の女の子を見た。妻があの草を見かけたという、首都のデパートの建設予定地。日曜日に仮病まで使ったのだ。あきらめるなんてとてもできない。女の子が釣りを渡してくれた。誠はすぐ産業道路に車を出した。コンテナはとっくにどこかへ去った。眼の前が広々とし、対向車や信号や街路樹や空がすべて見え、運転しやすかった。

「カセットを聴いていいかい」

「どうぞ」

六十キロにスピードをあげた。音楽と風が車内に満ちた。快適だ。デパートの建設予定地はここから、五分とかからない。妻はハンバーガーを食べ、コーラを飲みはじめた。

「俺も飲みたいな」

妻が口を噤んだまま、コーラのカップにストローを突きたてて渡してくれた。

誠は左手でコーラを飲みながら、ハンドルを操作した。どう考えても今日の妻はおかしい。こんな彼女を見たのは結婚してはじめてだ。ずいぶん気むずかしいし、気分屋だ。それともこの俺がケイコをそんなふうにさせることでも喋ったろうか。思いあたらない。もしかしたら、ボーリングの誘いを、すげなくしたからかもしれない。それにしても、去年、別荘地のあたりでやっと数本見つけた時はこんなふうではなかった。もっと愉しんでいたし、乾燥させた大麻も吸ったはずだ。それなのに。

デパートの建設予定地に近づいた。大きな産婦人科の前を通った。予定地はただの野っ原だ。そこは角地で、柵で囲ってある。予定地の反対側は住宅地だ。その二、三軒奥に酒屋がある。酒屋の斜め向いあたりで大麻草を見た、と妻はいったのだ。誠はセンターラインに車を寄せ、右折するために対向車が途切れるのを待った。レックレス・ライフの曲が流れはじめた。白のブルーバードが通り過ぎた後、すばやくハンドルをきり、大学へ続く道へ入った。柵のそばで、ブレーキを踏んだ。レックレス・ライフ。なんていい曲なんだ。共産党なんかどうだっていい。好きな日に休んで、好きなことをやるんだ。まだ俺もケイコも二十四ではないか。反対側に酒屋が見えた。ハンバーガーを食べ終えた妻に、確かにここだよな、と確認した。

「そうよ」

「もう一度、探して来るよ」

「…………」

「見つかっても見つからなくても、今夜、ボーリングへ行こうか。しばらくやってないから腕が落ちたかもしれないな」

誠はフライドポテトを食べながら、機嫌をとるようにいった。食べ終ってから探すことにした。妻がゆっくり首を振った。

「どうしたんだ。さっきは行こうといったじゃないか」

「そうじゃないわ。あなたは四十度の熱があるのよ」

誠は声をあげ、ハンドルを叩いて笑った。いい冗談だ。そうだったなあ、と彼はのん気にいった。

「ねえ」

妻が広々としたデパートの予定地を眺めた。

「四十度の熱があっても、レッドピン・サービスぐらい、へいちゃらさ」

「聞いて。ここに新しいデパートが建ったら、きっと素晴しいでしょうね」

「建つよ。立派なのが」

そして、野生の大麻が生える場所がどんどんなくなる。フライドポテトを頰ばる。

「洋服も下着も水着も靴も都会風になるわよ。何でも手に入るんだわ」

「で、俺は生協で働く」

「皮肉のつもり？」

でも、俺は今日の大麻のほうがいい。服や靴なら、今だって充分都会風だ。なにしろ、観光客は年間、三百万人も訪れる。半分は首都の人間だ。若い者は敏感だし、地元のデパートもそうだ。しかし、妻は何だかうっとりとした眼で、広い野っ原を眺めている。おかしなやつだ。あと一週間もすれば、ここは高い鉄板でぐるりと囲われ、ブルドーザーが整地を開始するだろう。そうなったら野生の大麻どころではなくなる。

配達から帰って来た軽トラックが酒屋の前でとまった。店員が埃っぽい道端に降りて来る。三日前、あの店員から確かワインを買ったのだわ。夫がフライドポテトを食べ終えた。

「行って来るよ。必ず見つける」

ドアをあけて夫が道へ降りたった。

「疲れたんじゃないかい。ゆっくりと休んでいるといいよ」

「見つかるといいわね」

恵子はいった。夫が、うん、と頷いて背をむけた。恵子は、マコト、と呼びかけた。

振り返った。わたしたち、二十四ね、と恵子はいった。

「何をいいだすんだい」

「結婚して二年になるわね。大事なことがいっぱいあるわ」

「わかっているさ」

あっさりと夫は答えた。

「それならいいわ」

恵子は助手席に背をもたせた。夫が、それで、ときいた。いいのよ、わかっているなら、と恵子はつぶやいた。夫は幾分、怪訝な表情をしたが、車の正面を回り、身体を屈めて、柵の隙間から予定地に入って行った。恵子はシートベルトを外した。酒屋を見た。三日前、あの大きな産婦人科で、妊娠を告げられた。帰りに酒屋へ寄ってワインを買い、夫が仕事から帰ったら乾杯しようと思った。その時、たまたま、あれに似た草を見かけたのだ。

けれど夫は、夜の十時に生協から戻ると、疲れた、といって風呂にも入らずに眠ってしまった。ワインはまだアパートにある。いいそびれてしまった。朝は朝でろくに食事もとらずに夫は出かける。話そうとすると、帰ってからにしてくれ、という。それで恵子は、酒屋の前で、例の草を見かけたわよ、といってみた。案の定、夫は眼を輝かせ、どうして早くいってくれなかったんだ、といった。

——だって、忙しいんでしょう。

——そんな話なら、いつでもちゃんと聞くじゃないか。

——ごめんなさい。そうだったわね。

あのワインをどうしよう。もう、どうでもいいことのような気がする。あれが本当に例の草だったか、それに似た雑草だったか、実をいえば曖昧だ。たぶん雑草だろう。そんなことより、自分の子宮の中に芽ばえた赤ん坊のことで心はいっぱいだ。

デパートの予定地に眼をやる。少し車に酔ったようだ。つわりというのはどんなものかしら。夫は足元を見つめ、草の中を歩き回っている。時々、立ちどまって手にとったり、足で払ったりしている。あの人は、ボーリング場で知りあった時、ナイス・ボーイだった。一緒に大麻を吸った時も。そうして、レックレス・ライフ。でも、たいしたむこうみずでもないわ。ただ、夫は、本当はこの世にないものを探している。わたしの子宮の赤ん坊だって、本当は医者の誤診で、わたしも、この世にないものを求めているのかも知れない。夫を見ていると、しきりにそんな気になってしまう。

夫はいっしんに足元ばかり見つめている。党員にはならなくていい。夫の好きでいい。でもあなたは熱があるのよ、それにたぶんあたしも、と恵子は小さな声を出してつぶやいた。

9　しずかな若者

ダイニングキッチンからは白いペンキを塗ったテラスが見え、その向うには、樹々や露を含んだ草の斜面に朝の光が広がっていた。九時半だった。龍一は昨日繁華街で買ったばかりのＢＶＤの白い下着とパジャマのズボン姿で冷蔵庫をあけた。空気はひんやりとして十九の皮膚がひきしまる。コーンフレークと牛乳と果物の缶詰を二種類だす。野菜入れをあけるとキウイがあった。りんごも欲しいところだが、あいにく切らしていた。今日、いつものように繁華街へ行ったら、手に入れよう。

ここへ来てから七度目の朝だ。その間一度も雨は降っていない。晴天続きなのに、気温は昼でもそう高くはならなかった。七月下旬といえば、一週間前の夕方、自分の車で出発して来たあの大都会では、息苦しいほどの暑さにしばしば悩まされる。なのに、この街のこのあたりでは肌寒いほど涼しい時がある。それだけでも別天地というべきだ。

首都を出発する時、彼は赤のシビックの後部座席に、パヴェーゼの全集を五冊積んできた。あとはパジャマとわずかな着替えと洗面道具、それに水着だけだ。本はテーブルに、この街の二種類のタウン誌と一緒に重ねてある。彼は一時間前に起きた。ここにいるあいだは規則正しい生活を送りたかった。幸い、夜は涼しく、蒸し暑さが咽をしめ続ける寝苦しい思いはしなかった。深酒もだらだらした夜ふかしも慎しみたい。かわりにうんと本を読み、日に一度、繁華街にあるジャズ喫茶にシビックででかける。テレビもビデオもCDプレーヤーも必要がない。そんなものは邪魔なだけだ。必要最小限のものがあればいい。女の子も、と彼は思って苦笑しそうになった。

テーブルにコーンフレークや牛乳を置き、小鉢やスプーンや缶切りを並べる。椅子は二脚しかない。寝室のシングルベッドも二つだ。おととしには三つ並んでいたのだ。確実に欠けて行くんだ、と龍一は思いながら、小鉢にコーンフレークを入れ、牛乳を注いだ。それから、ミカンとパイナップルの缶詰をあけ、もうひとつの小鉢に三分の一ずつ入れる。コーヒーを沸かすのを忘れた。彼は果物を入れた小鉢とキウイを二個持ってキッチンに立った。コーヒーは昨夜、ドリップで四人分いれて置いた。ポットをガスコンロにのせて火をつける。それからステンレスの庖丁で、キウイの皮を剝き、みずみずしくよく熟れた実を、てのひらの上で六等分にして小鉢に落す。ついでに輪切りのパイナップルも適当に切った。

コーヒーが香ばしいかおりをたてはじめ、龍一はオランダ製の薄手のカップに注ぐ。皿にのせたカップと小鉢を改めてテーブルに運んだ。食器や家具の類いは母の趣味だ。椅子に坐った。起きた時、真っ先にあけたテラスのガラス扉から、植物や土の水気を含んだ匂いが部屋中を満たしている。テラスの向うには、三日前、母親と娘ふたりの女三人連れが、タクシーでやって来た別荘が、五十メートルほど右下の斜面に建っていた。あそこから僕が見えるだろうか、と一瞬思った。でも一瞬だけだ。朝の冷気が眼にしみる。

龍一はゆっくりと朝食をとった。あたりは静かで、時々、蟬の声が聞こえるぐらいだ。あの下の別荘で、彼女はまだ眠りをむさぼっているかもしれない。ゆうべ、女三人連れの別荘から、母親の眼を盗んで斜面をのぼって来たあの娘は、彼よりひとつ齢上だった。龍一は風呂あがりで、パジャマに着替えた所だった。玄関のドアをノックする音がしたので、あけてみるとTシャツにジーンズの彼女が微笑んで立っていた。十一時を過ぎていた。遅くなったわ、さっき母と妹がやっと寝室に入ったの、と彼女は微笑んだ。何年も前からの知りあい、といった口調だった。トランプでもする？と彼は冗談をいった。いいわね、でも、と彼女はダイニングルームの入口でいった。

——明りを消してくれないかしら。

——暗がりでトランプをやるの。

——そうよ。だって、あたしの所からあなたの別荘は丸見えなの。

——それは知らなかったな。カーテンを閉めていてもかい。

——そんな薄いのじゃ、お風呂から出て来るあなたがはっきり見えてしまうわ。

——まさか観察しているわけじゃないだろうね。

——教えてあげましょうか。バードウォッチングが母の趣味なの。

——なるほどね。それで僕はどんな鳥なんだろうな。

——あなたは静かで、とても読書家で、今時、珍しい青年というわけ。

まるで彼女自身は龍一を観察してはいないし、関心も持っていない、少くとも詮索好きじゃない、といった口ぶりだった。それに珍しい青年というのはどうとでもとれる。奇妙な青年といいかえることだってできる。しかし彼は、光栄だよ、といっただけだった。シングルベッドで彼女と明け方まで過ごすのは少し窮屈だった。こんな所まで来て、わざわざ同じ首都から来た女の子とこんなふうになるなんて、と思った。まさか、子供を作るために避暑に来たわけじゃないだろうね、と彼はていねいな愛撫のあとでたわむれにきいた。すると彼女は息を弾ませ、彼の首に両腕を回して、毎日、ピルを飲んでいるわ、といった。

——女はそうしなければいけないの。ほら、だって、女にはいつ何が起きても不思議じゃないのよ。

明け方になると彼女は急いで身繕いをして、今夜も来てもいいかしら、ときいた。駄目だともいいとも答えずにいると、来るわね、今夜は九時半にするわ、と勝手にいった。そのあと、あたし大きな声は出さなかったわよね、とおかしそうにたずねた。すすり泣いただけだよ、とベッドに寝そべったまま答えた。素裸の上にTシャツをはおって、彼女はけたけた笑った。そしていった。このへんは静かすぎて、何でも聞こえてしまうわ、ひとりでいたら、あなたみたいな青年になっても、ちっとも不思議じゃなくてよ。

まったく上出来な女の子だ。ピル持参で避暑にやって来るなんて。龍一は、コーンフレークとフルーツを口に運び、テラスから見える彼女の別荘を眺めた。なるほど女の子にはいつ何が起きるかわかったものじゃないのかもしれない。彼女とばったり会ったのは、昨日の午前中、繁華街にあるジャズ喫茶のエアリに車で出かけようとした時だ。斜面になっている別荘地の下の舗装していない道でだった。そこはひどく狭い。ゆっくりと徐行しながら彼女をやりすごそうとすると、車のあいた窓にむかって、こんにちは、と声をかけてきた。それからスーパーの道順をたずねられた。今年別荘を買ったばかりで何も知らない、という話だった。口で教えるのもめんどうだったので車で送ってやった。その時、今夜、あなたの所へ遊びに行っていいかしら、と彼女はごく自然にいった。

　朝食を終えた。食器類をキッチンに運び、もう一杯コーヒーを沸かしてテーブルに戻った。パヴェーゼの本の上にのせてある、二種類のタウン誌に眼をやり、エアリでジャズを聴いたあと、今日はどう時間を過ごそうかと考えた。タウン誌は二種類とも全部読んだ。ひとつはタブロイド判で以前からあるものだ。それは繁華街中心で、写真と店の広告が多く、それらのあいだにこの街の同人誌をやっている人たちの掌篇小説やエッセイが載っている。それを持参すれば、映画は百円の割引きだ。夏の半分をここで送るために、バイトしたお金は充分あるが、それでも節約は必要だ。割引きは願ってもない。けれどこの七日間で映画は片っぱしから観てしまった。あいにく今日は月曜で、ラインナップが変るのは明日からだ。ジム・ジャームッシュ監督の二本立てをやる映画館がある。愉しみだ。

　もう一種類のタウン誌は小冊子で、どちらかといえば、新しくできつつある市街地中心だ。産業道路沿いにできた店の紹介、若者向けの喫茶店やレストラン、テニス・ガーデン、それから、若い力でドライブ・イン・シアターを作ろう、といった記事。彼にとっては珍しくもない。それにこの街には、高校一年の時から毎年来ている。たいがいの場所は行った。行っていないのは、この狭い別荘地の上にある墓地公園だけだ。僕の頭上にあるのはそれだ、と考えるとなんだかひどく愉快だ。そこは公園と名がつくように、すべて同じ型の墓石が三千以上も並んだ、整然としたたたずまいを見せているのだそうだ。頂上には管理事務所があって、全く新しいタイプの墓地だそうだが、十九の龍一がどうしてそんなものに関心が持てよう。どうせ、管理事務所の人間も、老人か、そんな場所にふさわしい、しかつめ顔の父のような中年男だろう。

父？　父と呼ぶべきなのだろうか。そういえば、父はあそこに墓をひとつ買ってあるはずだ。元々、この街は父の故郷だ。若い頃、炭鉱の事務の仕事に見切りをつけて、首都に出て不動産会社で成功した。そうして故郷に、この別荘と墓を買った。まるで自分の会社に勤めていた女子社員を、母のかわりに手に入れたようにだ。去年、両親はあっさり離婚した。

母は父が残したこの別荘を売りに出している。たぶん近い将来、他人の手に渡るだろう。そうなったら、僕もこの街と縁が切れる。

エアリに出かける前に、龍一はテラスに二脚しかない椅子のひとつを運びだした。まったくおかしい。父と別れた時、母は別荘の管理人の老人夫婦に電話をして、ベッドも椅子もひとつずつ処分するように頼んだのだ。あの時はひどく感情的で、滑稽なほどだった。

椅子に腰かけ、テラスの手摺に、パジャマをはいた足をのせる。光は次第に柔らかみをまし、読書にはうってつけだ。彼女の別荘から丸見えでも、どうということはない。ここへ来てから、パヴェーゼはもう三冊読んだ。あと二冊を読み終える頃には海水浴場が人でいっぱいになる。毎日、泳ぐつもりだ。終日、海水とたわむれる。海水浴場では僕はれっきとしたこの街の青年に見えるかもしれない。首都から来た大学生には見えないに違いない。観光客なら、あわただしくもっと他の場所へ行く。ロープウェイに乗って、ここと反対側の四百メートル足らずの山に登り、夜景を眺めたりするはずだ。

読書をはじめた。六十三頁をひらく。七月の末ごろ、ひとりの娘をぼくはポー河に連れていった。しかし驚くほどの、とくに新しいことは、何も起こらなかった、という文章から読みはじめる。樹々が光を適当にさえぎって、活字を追いやすくしてくれる。

四十分読んだらエアリへ出かけよう。一日も欠かさずに行っているのだ。ヤギひげをはやしたマスターとはもう顔見知りになった。たぶん二十歳は齢上だろう。龍一が、たったの三十三歳で死んだオスカー・ディナードを好きなのも知っている。黙っていてもそのアルバムをかけてくれる。店は広い。カウンターの横に古いピアノが置いてあって、はじめて行った時から龍一は気に入った。いつ行っても客はひどく少ない。彼ひとりの時もある。それも気に入った。マスターは無口なほうだ。でも軽い無駄話は時々するし、きみの年齢でオスカー・ディナードか、といったりはするが、首都から来たのかい、とか、どこに住んでいるの、などとはたずねない。店はマスターがひとりでまかなっている。このお店ではライブもやるんですか、と龍一は一度マスターにたずねた。

——ああ、あのピアノを見てそう思ったの。少し前まではやっていたんだよ。

誰が、ときくと、マスターはヤギひげを撫ぜて、くしゃくしゃの笑い顔をし、自分を指さした。いいな、今度、ソロを聞かせて下さい、と龍一はいった。するとマスターは笑いを絶やさず、もうやらないんだよ、そうきめたんだ、と答えた。

龍一は一行ずつ味わうように、ゆっくりと本を読んだ。ゆっくりでいい。僕は十九だ。大学を卒業するまであとたっぷり三年半もある。あわてることは何もない。確かに六十三頁の文章のように、驚くほどの、とくに新しいことは何も起こらない。昨夜の彼女のことだって、父や母のことだって。

——ひとりで別荘にいて、さみしくない？

明け方近く、うとうとしかけた龍一に彼女はそうたずねた。あたたかい汗ばんだ手が彼の背を撫ぜていた。

——そういうことは感じないたちなんだ。

この上には墓地がずらりと並んでいて、だからさみしくはないよ、といいそうになった。悪い冗談だ。そして、この別荘は母が思うほどいい値では売れまい、よりによって墓地公園の下にあるのだから、と彼は彼女のてのひらの動きを背中で感じながら思った。

——何か考えているでしょう。

——そう。きみのことをね。

——あら。口が上手いわね。そういうのって、わざわいの元よ。あなたは本の読みすぎだわ。母は感心しているけれど。

——きみは本は読まないのかい。

——そうね。あたしはそれより何か音楽が聴きたいわ。

——おあいにくさま。何もない。

——ところで、御両親は後でいらっしゃるの。

——ううん、ずっと僕ひとりだよ。

——毎年ってわけじゃないでしょう。

——今年だけだよ。僕ひとりなのは。来年のことはいわなかった。その必要もない。

——こういうのはどお？　首都に帰ってもお互いに会わないの。それで、来年の夏、またここで、こうして会うのよ。

——賛成だよ。いい考えだ。

いい考えだが、実現しそうもない。来年は他の人間が住む。背中から手を離し、彼女がベッドで起きあがり、両膝を抱えて笑った。龍一は、裸の背を丸め皮膚を波打たせてくすくすいっている彼女を、寝そべったまま眺めた。母ったらね、あたしがあなたのような青年と結婚してくれたらっていったのよ、と彼女はいった。

——それも賛成だよ。

——お馬鹿さん。冗談ばっかりいうのね。

——反対することが何もないんだよ、僕には。

彼女がちょっと生真面目に龍一を見た。さり気なく話を変えてきた。

——音楽が聴きたい時にはどうするの。

——街へ出るんだ。映画が観たい時にもね。

——海炭市のことは詳しいのね。

——それほどでもないよ。でも、ここは父の故郷なんだ。父の出た小学校も高校も知っているよ。

——なあんだ。それなら、半分、あなたはこの街の人間じゃない。

そうなのだろうか。たぶん、それほど見当違いではないだろう。

——ねえ、明日、街で音楽が聴きたいわ。

——僕は眠いよ。

——狡い人ね。ドライブに連れて行ってくれない。反対しない人なのよね、あなたは。

——わかった。でもドライブは明後日にしてくれないかな。

——いつだっていいわ。

彼は何となく、一日、先にのばした。それから夜が白みはじめ、彼女は身繕いをはじめたのだ。

八十二頁の九章めまで読んで本を閉じた。

ピエレットが嘲笑した。「きみも沼に来いよ。人目がないんだ。太陽には何も隠してはならないんだ」

そこまでだ。続きは明日、彼女とドライブに行く前に読む。エアリへ行く。この街で、もっとも頻繁にあの店に行くのは、余所者のこの僕かもしれない。

椅子をダイニングキッチンにしまう。エアリの帰り、買い物をして来よう。ナチュラルチーズとピーナツバターとフランスパン。それに新鮮な梨とりんごとビールをほんの少しだ。

龍一は寝室へ行った。彼女の体臭がまだ漂っている気がする。パジャマのズボンを脱ぎ、ふたりで猫のようにじゃれあったベッドに放った。それから、明るいグリーンにベージュの細いストライプの走ったバミュウダをはいた。BVDの下着も黒のタンクトップに替えた。

一度、ダイニングキッチンに戻り、開けた缶詰の残りを冷蔵庫にしまう。その後、テラスのガラス扉を閉めた。

龍一はビーチサンダルを突っかけ、ドアをあけて外へ出た。それから玄関脇に置いてあるシビックの所へ行った。陽は完全にあたたかくなっている。各別荘に続くゆるい坂道は、それぞれかちあわないようにできている。そこを下ると、昨日彼女と出会った周辺をとりまく道に出るのだ。

彼女の別荘から、女たち三人がちょうど散歩に行くために、そろって出て来るのが見えた。母親は落着いたワンピース姿で、ふたりの娘はサーファーパンツだった。母親は龍一の母とたいして違いのない年齢だろう。彼女の母親が軽く会釈をしてきた。龍一も近所のよしみというほどのつもりで頭を下げた。ドアをあけ、シビックに乗り込む。

母ったらね、あたしがあなたのような青年と結婚してくれたらっていったのよ。

昨夜の彼女の言葉が甦える。その言葉を反芻して彼女の母親をもう一度見ると、龍一は奇妙に入り組んだ性の匂いを嗅いだように感じた。娘の結婚相手を物色する母親。とても生ぐさい視線のように思うのは、僕の考えすぎだろうか。いいや。おそらく僕は、自分の、今、首都にいる母と重ねているのだ。エアリだ、エアリに行くんだ。彼がエンジンをかけた時、彼女が待って、と叫んで、斜面を斜めにかけあがって来た。龍一は待った。窓をあけた。息を切らせ、胸を弾ませて近づいて来る彼女を見た。母親はにこにこ笑って、下の娘と並んでこっちを見あげている。下の娘は高校生ぐらいだ。早くあの母親の視線から逃がれたい。

「おはよう。眠いわね」

いたずらっぽく彼女が声を途切らせながらいった。

「母がね、今夜、家へお誘いしたらって。断っていいのよ。どお？　反対することは何もない？」

「悪いけど」

「オーケイ。適当に話しておくわ。どこへ行くの」

エアリというジャズ喫茶だよ、と答えた。

「いいわね。明日、連れて行ってくれる」

「わかった」

それじゃ、お母さんと妹さんによろしく、と龍一はいい、車を発車させた。道はでこぼこで、車は小さくバウンドし、視界が揺れた。別荘の前では母親と妹が、これから写真にでもおさまるようにこっちを見ている。

道を下りきった。舗装されていない下の道路に出た。龍一は私立大学の建物のある方角へ右折した。その前を通り、何本目からの道を下れば、例の産業道路に出る。

まだ女たち三人の姿が見える。彼の別荘も見える。でも、来年は別の誰か、陽気な笑いにあふれた別の家族が、龍一のかわりにひと夏を過ごす。その情景が眼に見えるようだ。

もし、来年、その家族に僕ほどの齢の青年がいれば、彼女は別にがっかりも、退屈もしないだろう。来年もピル持参で来るだろうし、うまくやれるだろう。

でも、まずはこの夏だ。彼女は今夜も、斜面をこっそりのぼって来る。僕はパヴェーゼを読み終る。海水浴。そして祭り。彼女と行ってもいい。これ以上、僕に何かいうことがあるだろうか。両親のことも考える必要がない。僕はこの、僕にとって今年かぎりの別天地で好きに時間を使う。次々と、樹々が過ぎる。ピエレットが嘲笑した。「きみも沼に来いよ。人目がないんだ」だしぬけに、今、読んで来たばかりの小説の一節が浮かんだ。「太陽には何も隠してはならないんだ」

ほんの一瞬、彼は自分が他人を省みないでも平気でいられる若者のひとりのような気がした。しかしそんなものは今の季節にふさわしい感情といえるだろうか。明日、彼女とドライブに出かける前に、僕はまた小説の続きを読む。夜はひとりで、ジム・ジャームッシュの映画を観に行く。一週間、あのタブロイド判のタウン誌を持参して、軒なみ映画を観、エアリでオスカー・ディナードにぼんやり耳を傾ける。そして海だ。父や母だけが、何かを得たり、失ったのではない。それならば、あの彼女もだし、僕もだ。

それにしても、どうしてエアリのマスターはピアノをやめるときめたのだろう。もう、こんな夏休みは二度と来ない気がする。街へ出て、うんと愉快にやらなければならない。父の故郷。それは僕の故郷ではない。

龍一はじっと正面を見つめた。

揺れながらどんどんと後ろに去る木立ち。僕もまたこうして、父の故郷やこの季節や一瞬の輝きや僕自身を脱ぎ捨てていくだけだ。いつかは僕にも、エアリのマスターがピアノをやめたように、両親がとにかくも新しい生活に踏み切ったように、何かをやめ、何かをはじめる時が来る。それは車がカーブを曲ったその時に来るのかもしれない。

この別荘地の下の、両側を木立ちにせばめられた道を抜ければ、太陽がいっきに彼の車を照らすだろう。そうだ。何も隠してはならないんだ。それはもう、じきだ。

単行本解説

福間健二

ここに一冊の本としてまとめられた『海炭市叙景』は、雑誌〈すばる〉の一九八八年十一月号から九〇年四月号までに断続的に、三つの物語ずつ、六回にわたって発表されたものである。〈すばる〉での連載に先立って、八八年一月に「まだ若い廃墟」と「青い空の下の海」が、五月には「裸足」が、加藤健次編集の詩誌〈防虫ダンス〉に発表されていたが、それぞれ〈すばる〉に再掲載される際に手直しがなされた。それらについても、ここでの本文は〈すばる〉掲載のものにしたがっている。

私たちが佐藤泰志から聞いていた『海炭市叙景』の構想では、ここに収めた二章をなす十八の物語は、全体のちょうど半分にあたり、さらに二章が書かれて全部で三十六の物語からなる作品世界が形成されるはずであった。作品の中の季節でいえば、ここまでが冬と春であり、このあとに夏と秋が用意されていたのである。そして、その後半部分は、それまでの断続的連載のゆっくりしたペースではなく、一気に書きあげようという計画だった。しかし、九〇年十月十日の作者の自殺によって、その計画は実現されずに終わった。冬からの時間を辛抱づよくたどってきた佐藤泰志の文体が光に触れるたびに予感させていた夏が、「海炭市」には永遠にやってこないことになってしまったのだ。

佐藤泰志は二十歳で故郷の函館から上京して以来、東京に住みつづけたが、八一年三月からの一年間は函館で暮らした。芥川賞候補となった『きみの鳥はうたえる』が出版されるのと同時に東京に舞いもどり、そこから彼の作家生活も本格的なものになったといっていいが、そのときに彼は函館から『海炭市叙景』の着想も持ちかえった。これについては友人たちの証言が一致している。

それ以後、ひとつの地方都市に住むさまざまな人々の小さな挿話的物語をくみあわせて、一冊の充実した想像世界を出現させたいという『海炭市叙景』の構想は、つねに佐藤泰志とともにあった。故郷函館の地誌的な記憶が彼の中には鮮明にあったと思うが、それをなつかしむような意識とは彼は無縁であった。むしろ、いまの日本のどこにでもありそうでどこにもない地方都市を自分の言葉でつくりあげ、そこに人間に対するありったけの思いを注ぎ込める集合的な「生」の全体を出現させたかったのだ。おそらく、シャーウッド・アンダーソンの『ワインズバーグ、オハイオ』をはじめとする文学上の先例のことも頭のかたすみにはあっただろう。彼は折りにふれて描くべき人物とかれらの事件を呼び出しては、「海炭市」という虚構の世界を少しずつふくらませていったにちがいない。

最後まで悪戦をしいられた文芸ジャーナリズムでの仕事の一方で、「海炭市」がときに慰安の場所のように彼を誘っていたとさえ感じられる。実際、この構想を話すときの彼はとても明るかった。自分の小説を閉じこめている囲いから抜け出してもっと自由に書ける場所。そういうものとしても「海炭市」の世界はイメージされていたのだ。

そして、十分な発酵期間をおいて、部数三百程度のワープロ版下の非商業誌に「まだ若い廃墟」ほかの部分がまず発表され、つづいて〈すばる〉に舞台を移して提出されていった物語群は、作家としての新たな飛躍を印象づける目ざましいものだった。ひとつには、作者が自分の分身的存在を中心において作品世界を作るという窮屈さから解き放たれたことが大きかったと思う。

佐藤泰志は、青春期にある群像を描いた小説からもう少し年代の上がった主人公とその家族を描く小説へと、いわば現実世界での自分の変化のあとを追いかけるように作品世界を展開してきたといえる。もちろん、その軌跡はけっして単純なものではない。青春を描いた二つの傑作『きみの鳥はうたえる』と『黄金の服』の余韻をとどめながら、人生の次の段階に踏みこんだ人物の心の奥の渇きを細部に刻みこむところには技法の冴えを感じさせた。しかし、近年の作品はともすると青春期の終わった人間がひきうけざるをえない現実をなぞってしまうことに終わって、小説の自由さという点からはどこか書ききれていない半端さがのぞいている懸念があった。

それに対して、『海炭市叙景』の連作は地理的な横のつながりと同時性を軸として、いろんな年代の人々をたぐりよせている。そこに大きな自由がある。もちろん、登場する人々は佐藤泰志の資質と体験から呼び出されているが、その作者が大きくなっているのだ。

すでに述べたように、この『海炭市叙景』は本来の構想からいえば折り返しのところで終わっている。第一章では最初の「まだ若い廃墟」のエピソードがほかの物語でも触れられ、また主人公たちの共有する場面と時間が意識されているのに対して、第二章では物語と物語を具体的につなぐものがそれほど見えないという違いがある。このあとをどう展開して、季節のめぐる一年間という全体のまとまりと物語の配置のバランスをどんな方向に意味づけようとしていたのか。それを知りたいという気持ちは残る。

けれども、このように終わりがもたらされたということは、意図されたものではないとしても、ただ進行を中絶させたという「未完」とはちがっている。無意識のうちに作者は持続への不安を抱いていてそれぞれ一息で終わりまでもっていける物語を書きつらね、いつでも終われるような態勢でいたとも考えられる。しかも、折り返しというひとつの区切りまでたどりついていたのだ。私の個人的な意見としては、この十八の物語をならべかえることで作者の意図した「海炭市」の全景をより明確に眺望することができると思っている。読者それぞれが一度最後までを読みおわった段階で、季節の経過する時間の流れとはべつに自分なりの順序に組みなおして読んでみるという作業があってもいいのではないか。ここまでしか書かれなかったことで、私たちはそういう読みの自由の余地をあたえられることにもなったと考えたい。

ここにある十八の物語のひとつひとつに佐藤泰志の精魂がこめられている。「物語」と呼んできたが、この呼び方はふさわしくないかもしれない。どれもが切りはなしても意味をもつ短篇小説になっており、しかもどれにも作者の主調低音と「いま」を伝える息づかいがきこえる。それぞれが、この社会の見かけの豊かさの下で生きることの困難さに直面する人物たちの「生」を凝視している。これらの人物たちに私はかぎりない愛着をおぼえる。だれ一人いいかげんに生きてはいないし、まただれ一人安心を手に入れてはいない。そういう場所で、佐藤泰志の目は、単にやさしさを発揮するのでも容赦ない批評を放つのでもなく、しずかに人間に出会っている。

佐藤泰志は「あとがき」を書きたがらない作家だったと思う。この本についてもこんな解説は不要だと考えるだろう。ただ、ひとつだけ彼が断ってくれるはずだったことがある。それを自分で言うのは恥ずかしいのだが、『海炭市叙景』の各篇につけられた小タイトルはすべて私の詩から採られている。彼が亡くなってしばらくしてからその整理を手伝った彼の本棚に、たくさんのメモ用紙をはさんでふくれあがった自分の詩集をみつけて、私はほんとうに深い感動にひたった。私はすばらしい贈り物をもらったともいえるし、また自分の詩に対して彼の小説から挑戦を受けとったのでもある。これから何度もこの本をひらいて「海炭市」に住む人々に会い、かれらの「生」にさしこんでいる佐藤泰志という小説家の輝きをみつめることになるだろう。

（ふくま・けんじ　詩人）

＊この解説は、集英社版単行本（一九九一年）に収録されていたものを、筆者の許諾を得て再録しました。

文庫版解説

川本三郎

ひとつの町と、そこで暮す市井の人々を描いている。町の物語であると同時に、十八人の主人公とその周辺の人々を描いた群像劇でもある。日本文学のなかでこういう形式はそう多くはない。

佐藤泰志はこの形式をアメリカのスモールタウンを描いたシャーウッド・アンダソンの『ワインズバーグ・オハイオ』やソーントン・ワイルダーの戯曲『わが町』から学んだと思われる。

佐藤泰志は昭和二十四年（一九四九）の生まれ。村上春樹と同世代になる。北海道の函館に生まれ、二十一歳の時、國学院大学に入学、それを機に上京した。卒業後、会社勤めをしながら小説を書き続け、いくどか芥川賞候補になったが受賞には至らなかった。

初期の作品は、自身の体験をもとにした私小説的青春小説が多かったが、一九八八年から文芸誌『すばる』に断続的に『海炭市叙景』を発表。これまでの私小説とは違い、市井の人々を描く群像劇という新境地を開いた。

しかし、なんということだろう。平成二年（一九九〇）、四十一歳の若さで妻子を残して自死。原因は誰にも分らない。自死の原因など他人に分かりようがない。この結果、『海炭市叙景』は未完に終わった。未完ではあるがこの小説は素晴しい。なぜ素晴しいのか。理由はいくつもある。

前述したように、佐藤泰志がそれまで書き続けていた私小説の世界から離れて、市井の人々を描いた、開かれた群像劇になっていること。

大都市一極集中、地方の疲弊といった現代日本の大きな問題を先取りし、しかも、それを大仰な社会問題としてではなくあくまでも町に生きる人々の日常の哀歓に即して描いていること。地に足が着いている。

人々の物語であると同時に、彼らが生きる場である「海炭市」という町の描写が地誌的に細密に、そして愛情を込めて描かれていて次第に寂れてゆく町そのものの物語になっていること。町で個別に生きている人々が、作家という神の目によって有機的にひとつにつながってゆく。短篇連作で、いわゆるチェーン・ストーリーの面白さがある。それぞれはまったく関わることなく生きていた町の人々が作家によって描かれることで、隣人として立ち上がってゆく。

そして何よりも文体の良さ。「海炭市」の冬の寒さに対応するかのように、文章が引き締まっている。私小説にありがちな甘い主観的な文章は影をひそめ、ドキュメンタリー作家のように客観的に町の人々を見つめようとする冷静さがある。

それでいて決して冷たさはない。町の発展から取り残されてゆくような老人や、長年の仕事を失なったいまふうにいえば負け組に属する人々をも、われらの隣人としてとらえようとする温かさがある。矛盾したいい方になるが、この小説の佐藤泰志の文体は、冷たくて温かい。

猫を可愛がっている老女性。競馬で何度も失敗し生活が壊われてゆくサラリーマン。これは副主人公だが、夜のバーに現われ醜態をさらしてしまう漁師。あるいは、若者たちに交って職業訓練所に通っている中年男。

『海炭市叙景』は一九八〇年代の後半、いわゆるバブル経済期の物語で、当時まだこの言葉はなかったが、彼らは明らかにいまでいう負け組である。佐藤泰志は一見、彼らをその他多勢の一人のように突き放しているように見えながら、彼らのぶざまの生を大事に、大事に描き込んでゆく。過度な感傷を排して佐藤泰志は明らかに彼らに寄り添おうとしている。彼らもまたわれらのかけがえのない隣人なのだと。ここに明らかに、私小説的青春小説を書いていた頃とは違う成熟がある。

「海炭市」とは無論、架空の町だが、佐藤泰志の故郷である函館であることはすぐに見てとれる。人口三十五万人ほど。町のどこからも海が近い。港があり、路面電車が走っている。市場があり、競馬場があり、新しく作られてゆく工業団地がある。町の先端に海に突き出たような小高い山がある。そこから眺める夜景は素晴しく、観光客が多く訪れる。

作家にとって場所は、物語が立ち上がるところとして大事になる。大江健三郎における四国、中上健次における熊野、あるいは佐藤泰志と年齢の近い立松和平における宇都宮近郊の農村。いずれも故郷である。いったんは東京に出た作家が、故郷の重要さを思い知るようになる。自分の根っこを大事にしようと思う。そこからいったんは出郷した作家の故郷回帰が始まる。

佐藤泰志にとってその再発見された故郷が函館だった。大江健三郎における四国の村や中上健次における熊野のような周縁の土地とは違う。かつて北海道を代表する都市だった。幕末から明治にかけて港町として開けていったが、いまや多くの地方都市と同じように寂れていっている。生まれ育った町が寂れてゆく。その時になってはじめて故郷が大事になってくる。

「海炭市」という詩的な名前は、この町が「海」（漁業、造船、連絡船の通う港）と

「炭」（炭鉱）によって成り立っていることから付けられている。

ただ、モデルになっている函館には実際には炭鉱はない。それをあえて「海炭市」としたのは、かつて昭和三十年代まで北海道が筑豊や常磐と並んで日本有数の炭鉱地帯だったことを踏まえている。

そして小説の現在時である一九八〇年代の後半、「海」も「炭」もすたれてゆき、町はかつての活気を失なっている。「首都」ではバブル経済が盛んな頃だが、その活況は海炭市には届かない。

「元々、海と炭鉱しかない街だ。それに造船所と国鉄だった。そのどれもが、将来性を失っているのは子供でも知っていた。いまでは国鉄はJRになってしまったし、造船所はボーナスの大幅カットと合理化をめぐって長期のストライキに突入したままだ」「街は観光客のおこぼれに頼る他ない」

函館はかつて青函連絡船によって北海道の玄関口になっていた。それが飛行機の発達により千歳空港に取ってかわられた。このことも「海炭市」の寂れの大きな要因になっている。「首都」から町に戻って来てこれから仕事を探そうとする息子は、父親の考えていることを想像してみる。

「この街へ帰って来ても、ろくな仕事にはありつけない。若い人間の生きにくい街になってしまった。炭鉱が潰れ、造船所は何百人と首切りをはじめた。職安もあてにならない」

　少子化によって廃校になる小学校がある。市電の通る電車通りもさびしくなる。「停留所では人は降りるいっぽうになる。終点では彼（注・運転手）ひとり、ということもたびたびある」。


　そんな寂れてゆく町でも三十五万人の人間が暮している。彼らはどんな思いで暮しているのか。佐藤泰志はまるですべての市民を登場させようとするかのように十八人の主人公とその周辺の人々を丹念に描き出してゆく。もし完成していたらその数はどのくらいになっただろう。

　この群像劇は、佐藤泰志が亡くなったあとに作られた映画だが、レイモンド・カーヴァー原作、ロバート・アルトマン監督の「ショート・カッツ」（93年）や、ガルシア・マルケスの息子ロドリゴ・ガルシア監督の「彼女を見ればわかること」（99年）を思い出させもする。非常に現代的な手法だったことがわかる。

　本当に多くの市井の人間が登場する。いく人か挙げてみると――、炭鉱での鉱夫の仕事を失なった若者。妻子を連れて故郷に戻ってきた男。二代目として燃料店を切りまわす男。青森からやって来たと思われるパチンコ店で働く前科のある男。もうじき孫が生まれる市電の運転手。空港のレストランで働く女の子。プラネタリウムで働く市の職員……などなど。

興味深いのは、佐藤泰志がそれぞれの人間をつねに仕事との関わりで描き出していること。現代の小説で、これだけ数多くの職業の状況を丁寧に描き出している作品は珍しい。人間が生きるとは、職業に就き、日々、その仕事をこなしてゆくことだという地道な思いが佐藤泰志にはある。

確かに恋愛も少しは描かれるが、佐藤泰志にとって大事なのはあくまでも、その人間が日々、どういう仕事をして生きているか、という仕事との関わりにある。

長年、市電の運転の仕事をしてきてあと二年で停年を迎える運転手。その娘の結婚相手で貧しい家に生まれながら世の中に拗ねることなくトビ職として堅実に生きている若者。家庭に問題を抱えながらもなんとか仕事をまっとうさせたいと日々努力している二代目の燃料店主。

なかには仕事に投げやりになっている人間もいるが、随所で現われる彼ら堅実に生きている人間たちがこの小説を温かいものにしている。飲酒運転で警察に捕まってしまう、五十歳を過ぎて若者たちに交って職業訓練所に通っている元炭鉱夫も、もし仕事を失っていなければ堅実な暮しを送っていただろう。

市井の人々にとって仕事はいかに大事か。市役所の職安で働く職員を登場させているのも、佐藤泰志にその思いがあるからだろう。

この小説を読むと誰もが自分の住んでいる町と、そこで働きながら生きている人々のことを愛しくなるのではないか。この小説にはそういう力がある。

（かわもと・さぶろう　評論家）

＊小学館文庫版『海炭市叙景』刊行にあたり、以下の方々の多大なご協力をいただきました。記して深く感謝いたします。（小学館）

（株）集英社
映画「海炭市叙景」製作実行委員会
スローラーナー
（株）ウィルコ
太秦株式会社
ユーロスペース
「海炭市叙景」応援団のみなさん

菅原和博
寺尾修一
豊崎由美
西堀滋樹
本間　恵

佐藤喜美子

＊本書は、集英社版『海炭市叙景』第一刷を底本としました。明らかな誤植は訂正し、いくつかの難読漢字に振り仮名を施しましたが、表記の不統一などについては底本のままとしています。

本書のプロフィール

本書は、一九九一年十二月に集英社から単行本として発行された作品を、文庫として刊行したものです。

小学館文庫

海《かい》炭《たん》市《し》叙《じょ》景《けい》

著者　佐《さ》藤《とう》泰《やす》志《し》

二〇一〇年十月十一日　初版第一刷発行
二〇二四年七月七日　第十二刷発行

発行人　石川和男
発行所　株式会社　小学館
〒一〇一-八〇〇一
東京都千代田区一ツ橋二-三-一
電話　編集〇三-三二三〇-五一七〇
　　　販売〇三-五二八一-三五五五
印刷所-TOPPANクロレ株式会社

この文庫の詳しい内容はインターネットで24時間ご覧になれます。
小学館公式ホームページ　https://www.shogakukan.co.jp

ISBN978-4-09-408556-3